महाश्वेता देवी

जन्म : 1926, ढाका।

पिता श्री मनीष घटक सुप्रसिद्ध लेखक थे।

शिक्षा : प्रारम्भिक पढ़ाई शान्तिनिकेतन में, फिर कलकत्ता विश्वविद्यालय से अंग्रेजी साहित्य में एम.ए.।

अर्से तक अंग्रेजी का अध्यापन।

कृतियाँ अनेक भाषाओं में अनूदित।

हिन्दी में अनूदित कृतियाँ : *चोट्टि मुण्डा और उसका तीर, जंगल के दावेदार, अग्निगर्भ, अक्लांत कौरव, 1084वें की माँ, श्री श्रीगणेश महिमा, टेरोडैक्टिल, दौलति, ग्राम बांग्ला, शालगिरह की पुकार पर, भूख, झाँसी की रानी, आंधारमानिक, उन्तीसवीं धारा का आरोपी, मातृछवि, सच-झूठ, अमृत संचय, जली थी अग्निशिखा, भटकाव, नीलछवि, कवि वन्द्यघटी गाईं का जीवन और मृत्यु, बनिया-बहू, नटी* (उपन्यास); *पचास कहानियाँ, कृष्णद्वादशी, घहराती घटाएँ, ईंट के ऊपर ईंट, मूर्ति,* (कहानी-संग्रह); *भारत में बँधुआ मजदूर* (विमर्श)

सम्मान : 'जंगल के दावेदार' पुस्तक पर साहित्य अकादेमी पुरस्कार। मैगसेसे एवार्ड तथा भारतीय ज्ञानपीठ द्वारा सम्मानित।

निधन : 28-07-2016 (कोलकाता)

महाश्वेता देवी

अनुवाद

सांत्वना निगम

राधाकृष्ण पेपरबैक्स

पहला पुस्तकालय संस्करण
राधाकृष्ण प्रकाशन प्राइवेट लिमिटेड द्वारा
1979 में प्रकाशित

राधाकृष्ण पेपरबैक्स में
पहला संस्करण : 1998
पन्द्रहवाँ संस्करण : 2025

राधाकृष्ण पेपरबैक्स : उत्कृष्ट साहित्य के जनसुलभ संस्करण

राधाकृष्ण प्रकाशन प्राइवेट लिमिटेड
जी-17, जगतपुरी, दिल्ली-110 051
द्वारा प्रकाशित

शाखाएँ : अशोक राजपथ, साइंस कॉलेज के सामने, पटना-800 006
पहली मंजिल, दरबारी बिल्डिंग, महात्मा गांधी मार्ग, प्रयागराज-211 001
1, अनमोल सोराबजी संतुक लेन, धोबी तलाव, मरीन लाइंस, मुम्बई-400 002
वेबसाइट : www.radhakrishnaprakashan.com
ई-मेल : info@radhakrishnaprakashan.com

बी.के. ऑफसेट
नवीन शाहदरा, दिल्ली-110 032
द्वारा मुद्रित

मूल्य : ₹250

1084VEN KI MAAN
Novel by Mahashweta Devi

ISBN : 978-81-7119-829-0

स्वर्गीय अवलोकितेष
की स्मृति में

क्रम

सुबह

बाईस साल पहले की एक सुबह सपने में सुजाता वहीं लौट गई थी। अकसर ही ऐसा होता है; कितनी बार ऐसे ही लौट जाती है, अपने-आप ही बैग में सामान समेटती है—तौलिया, साड़ी, टूथब्रश, साबुन। अब सुजाता की उम्र है त्रेपन। सपने में वह बत्तीस वर्ष की सुजाता को देखती है जो बैग समेटने में व्यस्त है। गर्भ के भार से ढीला शरीर, लेकिन तरुणी सुजाता अपने बेटे व्रती को इस दुनिया में लाने की तैयारी में व्यस्त है। एक-एक चीज उठाकर बैग में रखती है। उस सुजाता का चेहरा बार-बार दर्द से पीला पड़ रहा है; दाँतों से होंठों को दबाकर रुलाई रोकती है सुजाता—सपने की सुजाता। व्रती जो आ रहा है!

उस दिन भी रात आठ बजे से ही दर्द उठना शुरू हो गया था। हेम अनुभवी प्रौढ़ा की तरह बोली थीं: 'पेट नाभि के नीचे उतर आया है, माँ जी, अब ज्यादा देर नहीं है।' हेम ने ही उसका हाथ पकड़कर कहा था: 'ठीक-ठाक दोनों दो शरीर होकर लौट आना।'

दर्द भयंकर होता जा रहा था। बच्चा कभी भी जन्म ले सकता है, जानकर ही सुजाता पहले से ही नर्सिंग होम में दाखिल हो गई थी। ज्योति तब दस का था, नीपा आठ और तुली छह की। उसे याद है, सास तब उसके पास ही रह रही थीं। ज्योति के बाबूजी सासजी के इकलौते पुत्र थे। एक बच्चे के जन्म के बाद ही सास विधवा हो गई थीं। सुजाता का बार-बार माँ बनना उनको सुहाता न था—जाने कैसी द्वेष-भरी आँखों से वह उसे देखती थीं! बच्चा होने के ठीक पहले अपनी बहन के घर चली जाती थीं, सुजाता को मँझधार में छोड़कर।

सुजाता के पति कहते थे : 'माँ का मन बहुत नरम है, समझी? उनसे यह सब देखा नहीं जाता—यह दर्द-वर्द, चीखना-चिल्लाना, और क्या!' लेकिन सुजाता शायद ही कभी चीखी-चिल्लाई हो। दाँत भींचकर बच्चों का बंदोबस्त भी करती। उस बार सासजी यहीं थीं, क्योंकि उनकी बहन यहाँ नहीं थी, और ज्योति के बाबूजी काम से कानपुर गए थे। उसे सबकुछ याद है। दिव्यनाथ को पता नहीं था कि उनकी माँ इस बार यहीं रहेंगी। वह नहीं रहेंगी, यह सोचकर भी दिव्यनाथ ने सुजाता का कोई बंदोबस्त नहीं किया, हर बार की तरह। बाथरूम में जाकर खून देखकर सुजाता घबरा गई थी; फिर सबकुछ ठीक-ठाक करके रसोइये से कहकर टैक्सी बुलवा ली थी।

नर्सिंग होम में चली गई थी सुजाता। डॉक्टर का चेहरा उसको देखकर चिंता-ग्रस्त हो गया था। सुजाता डर गई थी। दर्द से आँखें बार-बार धुँधला जाती थीं—जैसे किसी ने आँखों पर घिसे काँच का टुकड़ा रख दिया हो, फिर भी जबर्दस्ती आँखें खोले रखकर डॉक्टर की तरफ देखकर उसने पूछा था : 'ऐम आई ऑल राइट?' [1]

'जरूर! आप सो जाइए।'

'आप क्या करेंगे?'

'ऑपरेशन।'

'डॉक्टर साहब, चाइल्ड [2]?'

'आप सोइए न! मैं जो हूँ। अकेली क्यों आईं?'

'वह नहीं हैं।'

कहकर ही सुजाता हैरान रह गई थी। उसे तो यही उम्मीद थी कि कलकत्ता में रहने पर भी दिव्यनाथ उसके साथ नहीं आएँगे। फिर डॉक्टर साहब को क्यों उम्मीद हुई? दिव्यनाथ कभी साथ नहीं आते; सुजाता को अस्पताल नहीं ले जाते; बच्चे का रोना सुनना पड़ेगा—इससे तिमंजिले पर ही सोते रहते। बच्चे बीमार पड़ें तो खबर तक नहीं लेते, लेकिन हाँ, दिव्यनाथ की नजरें सुजाता

---

1. मेरी सेहत तो ठीक है न?
2. बच्चे का क्या होगा?

पर जरूर लगी रहतीं; ध्यान से सुजाता को देखते कि सुजाता का शरीर फिर से माँ बनने योग्य हो रहा है या नहीं!
'टॉनिक खा रही हो न?'

कैसी गाढ़ी थरथराती आवाज में दिव्यनाथ उससे पूछते हैं। कूट-कूटकर वासना के उभार आने पर उनकी आवाज जाने कैसे लिजलिजाती है! सुजाता पहचानती है इस दिव्यनाथ को। उसकी सेहत की खबर लेने का एक ही मतलब होता है दिव्यनाथ का; डॉक्टर को क्या मालूम?

डॉक्टर सुजाता को दवा देते हैं। दवा से दर्द कम नहीं हुआ। अचानक उसी समय एक अजन्मी संतान के लिए भावभीनी ममता से सुजाता का मन भर आया था। तुली होने के बाद करीब छह साल गुजर गए थे—बड़ी मुश्किल से अपने को सुजाता ने बचाकर रखा था, लेकिन आखिर हार माननी पड़ी थी।

नौ महीने तक शायद इसीलिए अपने-आपको जाने कितनी अश्लील और अपवित्र मानती रही थी वह! शरीर के बढ़ते हुए भार को लगातार कोसती रही थी, लेकिन जैसे ही पता लगा कि बच्चे का जीवन संकट में है, तभी मन ममता से छटपटा उठा था। सुजाता ने डॉक्टर को बुलाया था, कहा था : 'ऑपरेशन कीजिए, बचाइए उसको।'

'वही तो कर रहा हूँ।'

डॉक्टर के निर्देश से नर्स इंजेक्शन देती है। सुजाता के पेडू को चीरता हुआ दर्द अंदर-बाहर हो रहा था। सन् उन्नीस सौ अड़तालीस की सोलह जनवरी। सुजाता बार-बार बिस्तर की चादर को मुट्ठी में भींच लेती थी। माथा पसीने से भीग गया था। आँखों के नीचे के स्याह घेरे फैलते जा रहे थे। जरा भी सर्दी नहीं लग रही थी, हालाँकि उस साल जनवरी में कड़ी ठंड पड़ी थी।

पेड़ू को चीरता हुआ दर्द बाहर निकल रहा है और फिर अंदर समाता जा रहा है। बिस्तर की सफेद चादर को मुट्ठी में भींचे, पसीने से लथपथ सुजाता जाग जाती है। ज्योति के बाबूजी को देखकर उसके गोरे माथे की लंबी-लंबी भौंहें सिकुड़ जाती हैं। ज्योति के बाबूजी पास के पलंग पर क्यों हैं? फिर अपने-आप ही सिर हिलाती है। व्रती के होने के दिन दिव्यनाथ पास नहीं थे न, इसलिए सपने में वह कभी दिव्यनाथ को नहीं देखती। लेकिन अब तो वह सपना नहीं देख रही है न?
किसी तरह हाथ बढ़ाया। बैलारगन[1] की टिकिया और पानी। टिकिया मुँह में डाली, पानी से निगली। आँचल से माथा पोंछ लिया; फिर से लेट गई। अब सबसे जरूरी काम है—एक से सौ तक गिनना! डॉक्टर ने यही कहा है। गिनती करने से ही दर्द का अहसास कम होता जाता है। जितना समय गिनने में लगता है, उतने में ही बैलारगन अपना काम शुरू कर देती है। दर्द कम हो जाता है।

फिर, सचमुच ही दर्द कम हो जाता है। अभी कम हो रहा है—कम होना बहुत जरूरी है। घड़ी की तरफ देखती है; छह बजे हैं। दीवार पर नजर दौड़ाई। कैलेंडर। सत्रह जनवरी। सोलह जनवरी की सारी रात दर्द रहा था—होश और बेहोशी के बीच झूलते हुए—ईथर की तेज गंध, रोशनी की चौंध, दर्द के बोझल और धुँधले पर्दे के उस पार डॉक्टरों की चहल-पहल—सारी रात। सत्रह जनवरी भोर के धुँधलके में व्रती आ पहुँचा था। आज वही सत्रह जनवरी है। और आज ही के दिन, दो साल पहले ऐसे ही इस आदमी के पास के एक पलंग पर सो रही थी सुजाता। भोर के धुँधलके में टेलीफोन की घंटी बज उठी थी, पास पड़ी मेज से। अचानक ही।

टेलीफोन की घंटी बज रही है, ज्योति के कमरे में दो साल पहले।

---

1. असहनीय दर्द को कम करने के लिए ली जानेवाली दवा।

उस दिन के बाद से ही ज्योति टेलीफोन अपने कमरे में ले गया था। समझदार, बहुत समझदार है ज्योति। उनकी पहली संतान—दिव्यनाथ का आज्ञाकारी बेटा, बिनी का सहृदय पति, सुमन का स्नेहल पिता।

समझदार ज्योति! दो साल पहले सुजाता ने इक्यावनवाँ साल पूरा किया था, ज्योति के पिता ने छप्पनवाँ। सम्पन्न स्थिति, सजा-सँवरा जीवन दोनों का। लड़की की शादी हो गई; छोटी लड़की ने भी अपने मन का लड़का ढूँढ़ लिया है। बड़ा बेटा सुप्रतिष्ठित। छोटे बेटे को बाबूजी कॉलेज के बाद ही इंगलैंड भेजेंगे—सबकुछ सधा हुआ, सँवरा हुआ, तरतीब से सजाया हुआ। सुंदर, बहुत सुंदर था सबकुछ!

उसी समय, उम्र के उन्हीं सजे-सँवरे दिनों में टेलीफोन की घंटी बजी थी। माँ ने नींद भरी आँखों से टेलीफोन का रिसीवर उठाया था। अचानक एक अनजान, ठंडे, मशीनी अफसरी स्वर ने पूछा था : 'व्रती चैटर्जी आपका कौन लगता है? बेटा? काँटापुकूर चले आइए!'

हाँ, उस रक्त-मांस और आकारहीन स्वर ने कहा था : 'काँटापुकूर चले आइए।' रिसीवर हाथ से छिटककर गिर पड़ा था। सुजाता नीचे गिर गई थी; दाँत भिंच गये थे।

दो साल पहले, सत्रह जनवरी की सुबह, व्रती के जन्मदिन के दिन—व्रती के धरती पर आने के समय ही—इस साफ-सुथरे, सजे-सजाये घर में, इस सुंदर परिवार में, टेलीफोन की खबर ही की तरह एक अहेतुक, बेहिसाब, बेतरतीब घटना घटी थी।

इसीलिए ज्योति टेलीफोन हटा ले गया था। सुजाता को इस सबका कुछ भी पता नहीं था। तीन महीने तक वह सब चीजों से बेखबर थी। बिस्तर पर पड़ी रहती थी—आँखों को बाँहों से ढँके। कभी

जोर से नहीं रोई। हेम, सिर्फ हेम उसके आस-पास रहती थी, हाथ थामे रहते थी, नींद की गोलियाँ देती थी। इसलिए सुजाता को पता ही नहीं लगा कि कब टेलीफोन हटा लिया गया।

तीन महीने बाद सुजाता ने फिर से बैंक जाना शुरू किया। फिर से ज्योति, नीपा, तुली से सहज होकर बोलने लगी। ज्योति के बेटे की पेंसिल बना दी; बिनी से पूछा : 'मेरी काली किनारेवाली साड़ी क्या धुलने गई है?' ज्योति के बाबूजी जब बंबई जाने लगे तो उनके सूटकेस में ईसबगोल का पैकेट रखा। और ऐसे ही जब सबकुछ सहज स्वाभाविक हो गया, तभी सुजाता का ध्यान उधर गया कि टेलीफोन को उसके कमरे से हटाकर ज्योति के कमरे में रख दिया गया है।

यह देखते ही उसके माथे पर बल पड़ गए थे। ज्योति इतना बेवकूफ है? उसकी बेवकूफी पर उसको तरस आया था। अब तो कोई फोन नहीं आएगा! ज्योति के बाबूजी का चार्टर्ड एकाउंटेंसी का अपना दफ्तर है। ज्योति अंग्रेजी फर्म में छोटा अफसर है। नीपा, बड़ी लड़की, का पति कस्टम में बड़ा अफसर है। तुली ने जिससे शादी तय की है उसी टोनी कपाड़िया ने अपनी एजेंसी खोली है स्वीडन में, भारतीय रेशमी बाटिक, कालीन, पीतल के नटराज और बाँकुड़ा के टेराकोटा के घोड़े एक्सपोर्ट करता है। ज्योति के सास-ससुर विलायत में ही रहते हैं।

ये लोग ऐसा कोई भी जोखिम-भरा खतरनाक काम नहीं करेंगे जिसके लिए अचानक टेलीफोन आ पहुँचेगा और सुजाता को अचानक मार्ग में गिरते-पड़ते काँटापुकूर जाना पड़ेगा!

ये लोग कभी भी ऐसी कोई बेवकूफी नहीं करेंगे जिसकी वजह से ज्योति और उसके बाबूजी को दौड़-धूप करनी पड़ेगी ऊपर के अफसरों के स्तर पर, और काँटापुकूर जाना होगा सिर्फ सुजाता और तुली को।

ये लोग ऐसा कोई भी अपराध नहीं करेंगे जिससे काँटापुकूर में चित होकर पड़े रहना पड़ेगा। एक भारी चादर हटा देगा डोम,

और ओ.सी.[1] पूछेगा : 'डु यू आइडेंटिफाई यूअर सन?'[2]

ये सब समझदार हैं! नियम, उप-नियम मानकर चलते हैं; भले नागरिक हैं। ये लोग सुजाता को मुसीबत में नहीं डालेंगे। ज्योति के पिता को दौड़-धूप करने के लिए विवश नहीं करेंगे। सच तो यह है कि उनका बेटा ऐसी कलंकित मौत मरा है, इस खबर को दबाने के लिए ही ज्योति के बाबूजी जाने कहाँ-कहाँ सिफारिश का तुक्का भिड़ाते फिर रहे थे।

फोन पर खबर सुनते ही ज्योति के बाबूजी के मन में पहली बात यही उठी थी कि कैसे इस खबर को दबा दिया जाए; उससे पहले काँटापुकूर जाना ज्यादा जरूरी है, चाहे एक बार के लिए ही—यह खयाल ही मन में नहीं आया। ज्योति भी बाप का आदर्श बेटा है; वह भी बाप के साथ निकल पड़ा था।

सुजाता को घर की कार तक ले जाने की अनुमति नहीं दी थी दिव्यनाथ ने। काँटापुकूर में उनकी गाड़ी खड़ी रहेगी? यह कैसे हो सकता है? अगर कोई देख ले तो!

उस दिन व्रती के साथ-साथ सुजाता की चेतना में व्रती के बाबूजी भी मर गए! व्रती के बाबूजी के उस दिन के बरताव से उसकी पूरी चेतना पर वज्रपात हुआ था; सबकुछ हिल गया था, झरझराकर टूटके बिखर गया था सब। जैसे करोड़ों साल पहले इस आदिम धरती पर विस्फोट हुआ था और उस विस्फोट से पृथ्वी पर के महादेश छिटककर नक्शे के दूर-दूर के छोरों पर बिखर गए थे—बीच की सपाट दूरी को समुद्र ने पाट दिया था!

दिव्यनाथ को पता भी नहीं लगा कि सुजाता के लिए वह मर चुके थे और आखिरकार धीरे-धीरे वह दूर, और भी दूर, होते

1. आफिसर कमांडिंग। 2. क्या अपने बेटे की शिनाख्त कर पा रही हैं आप?

गए थे। सुजाता के पास ही लेटे रहते हैं, लेकिन जान नहीं पाते कि मृत व्रती से ज्यादा उन्होंने जीवित दिव्यनाथ के मान-सम्मान, सुरक्षा की चिंता की थी, इसीलिए सुजाता के लिए वह अपना अस्तित्व खो चुके हैं।

दिव्यनाथ की दौड़-धूप सफल हुई थी। सिफारिश का तुक्का भिड़ गया था। दूसरे दिन अखबार में सिर्फ चार लड़कों की हत्या की खबर निकली थी; नाम भी निकले थे उनके। व्रती का नाम कहीं नहीं था!

इस तरह व्रती को मिटा दिया था दिव्यनाथ ने। लेकिन सुजाता ऐसा नहीं कर पाई।

वैसी लीकपंथी व अप्रत्याशित घटना और कभी भी नहीं घटित होगी, यह जानते हुए भी ज्योति टेलीफोन उठाकर ले गया है! सुजाता को अजीब-सी हँसी आई।

बिनी ने उनके होंठों पर कौतुक-भरी मुसकान देखी और उसके मन को धक्का लगा। वह झरझराकर रो पड़ी। ज्योति से कहा : 'शी हैज़ नो हार्ट।'[1] बात सुजाता को सुनाकर कही गई थी। सुजाता ने सुन-भर लिया, लेकिन मन पर नहीं लगाया। उसको पहले भी लगा था, बार-बार लगता था कि बिनी सचमुच व्रती को प्यार करती थी।

तब ऐसा ही लगा था कि बिनी व्रती को प्यार करती थी, पर बाद में ऐसा नहीं लगा था—क्योंकि बरामदे में व्रती की फोटो नहीं थी, उसके जूते भी नहीं दिखाई दिए थे, व्रती की बरसाती भी गायब थी।

'बिनी, वह तसवीर कहाँ गई?'

'तिमंजिले के कमरे में।'

'तिमंजिले के कमरे में?'

---

1. उसके तो दिल नहीं, पत्थर है।

'बाबूजी ने कहा था...।'

'बाबूजी ने कहा था...?'

व्रती के चले जाने के बाद भी, उसे मिटाकर और उसके प्रत्येक अवशिष्ट चिह्न को मलियामेट कर देने की कोई कोशिश दिव्यनाथ ने नहीं छोड़ी थी! कोई नया दुख भी नहीं हुआ था। यह देखकर सिर्फ अवसन्न बोझल मन से सोचा था : 'हाँ, दिव्यनाथ ही कह सकते हैं ऐसी बात, लेकिन बिनी 'नहीं' कहकर क्या रोक नहीं सकती थी?'

सुजाता एक शब्द भी बिना बोले बैंक चली गई । बैंक की नौकरी बहुत पुरानी है। व्रती तीन साल का था तब वह इस नौकरी पर पहली बार गई थी। व्रती के बाबूजी के दफ्तर में तब गड़बड़ चल रही थी। दो बड़े-बड़े एकाउंट हाथ से निकल गए थे।

उसी समय काम पर गई थी सुजाता। घर में सबने उसे उत्साहित किया था, यहाँ तक कि सास ने भी कहा था : 'काम करना ही चाहिए। तुम थीं कि इतने दिन घर बैठी रहीं और दिबू भी तो ऐसा नहीं है, नहीं तो तुम्हें पहले ही नौकरी करने न भेजता?'

सुजाता क्यों नौकरी करना चाह रही है, क्यों खुद ही जोड़-तोड़ लगा रही है—यह पता लगाना किसी ने जरूरी नहीं समझा। ऐसी कोई बड़ी बात भी है—यह भी नहीं सोचा किसी ने। अच्छा ही हुआ था। इस घर में दिव्यनाथ और उनकी माँ ही सबका ध्यान अपनी ओर खींचे रखते थे। सुजाता का अस्तित्व छाया की तरह हो गया था—अनुगता का, अनुगामिनी का, नीरव, स्वत्वहीन अस्तित्व!

बैंक में जान-पहचान थी, नहीं तो शायद काम न मिलता। सुजाता को नौकरी मिली थी परिवार और वंश के परिचय से। अभिजात चेहरे वाली लॉरेटो की बी.ए. पास औरतें तो और भी कितनी थीं—यह क्या सुजाता को पता नहीं था?

सिर्फ व्रती रोता था।

सपने में अब भी तीन साल का व्रती उसके घुटनों से लिपटकर रोता है; कितनी बार रोकर कहता है : 'माँ, आज, सिर्फ आज तुम दफ्तर मत जाओ, मेरे पास रहो।'

गोरा, दुबला, व्रती—रेशम की तरह मुलायम बाल, आँखों में भरी ममता।

वही व्रती। मुक्ति-दशक[1] में एक हजार तिरासी जनों के बाद चौरासी नंबर पर उसका नाम है। अगर कोई इस दशक के ढाई सालों में हत्या किए गए लड़कों के नामों की सूची बनाए तो क्या उसको व्रती का नाम कहीं मिलेगा? अखबारों को छान मारने पर भी तो वह व्रती को नहीं जान पाएगा!

व्रती के बाबूजी ने उसका नाम अखबार में भी नहीं आने दिया।

'व्रती की कौन लगती हैं?'

'नहीं, चेहरा देखने की जरूरत नहीं।'

'कोई आइडेंटिफिकेशन मार्क?'[2]

'गरदन पर लहसुन है।'

'नहीं, चेहरा देखने की जरूरत नहीं।'

उसने क्या जवाब दिया था? 'मैं देखूँगी!' नीली कमीज, उँगलियाँ, बाल—सबकुछ देख लेने पर भी मन में संशय बना हुआ था। कहीं पर तर्क-बुद्धि, आँखों-देखी चीज को भी अनदेखा करके मन का संशय कह रहा था कि नहीं, शायद मुँह देखने पर पता लगे कि यह व्रती नहीं है। क्या ऐसा ही कहा था उसने?

पास बैठा डोम असीम करुणा से बोला था : 'क्या देखोगी माँजी, मुँह का कुछ बचा है क्या?'

---

1. उग्रवादी वामपंथियों द्वारा मई 1970 से चलाया गया आंदोलन।

2. पहचान के लिए शरीर पर कोई निशान।

तब क्या किया था सुजाता ने? और भी चार लाशें पड़ी थीं। पता नहीं, कौन लोग विह्वल स्वर से रो रहे थे! जाने कौन जमीन पर सर पटक रहा था! किसी का भी चेहरा याद नहीं आता। सबकुछ धुँधला-धुँधला, लेकिन कोई-कोई स्मृति हीरे की छुरी की तरह चमकीली, धारदार पैनी होती है—अपनी रोशनी से ही काटनेवाली!

उसकी छाती, पेट और गरदन पर गोलियों के तीन निशान थे। नीले गड्ढे! बहुत पास से दागी हुई गोलियाँ, नीली चमड़ी कोरडाइट[1] की झुलसन से भुनी हुई। बादामी खून के गड्ढों के चारों तरफ बारूद की झुलसन से बना खोखला चकत्ता, कटी-फटी चमड़ी। गरदन, पेट और छाती में तीन गोलियाँ!

व्रती का चेहरा। व्रती का चेहरा! सुजाता ने पूरा जोर लगाकर दोनों हाथों से चादर हटा दी। व्रती का चेहरा! किसी तेज और भारी औजार के पिछले हिस्से से मार-मारकर कुचला हुआ व्रती का चेहरा! पीछे से तुली की चीख।

वही चेहरा देखती है सुजाता झुककर! उँगलियाँ फेरे? 'व्रती! व्रती'! उसे पुकारकर चेहरे पर उँगलियाँ फेरे? लेकिन उँगलियों के स्पर्श के लिए एक इंच चमड़ी भी नहीं बची थी। सब कुचला हुआ मांस-पिंड! उसके बाद ही सुजाता चेहरा ढँक देती है। पीछे मुड़ती है। अंधे की तरह तुली से लिपट जाती है।

व्रती के बाबूजी ने फोटो हटा लेने के लिए कहा है। बैंक जाते समय भी यह बात याद थी—उस घटना के बाद जब पहले दिन बैंक गई थी...।

बैंक में सभी उसको ताक रहे थे। अचानक सब आवाजें खामोश हो गई थीं। फिर एक चुप्पी!

एजेंट लूथरा आगे आया था।

'मैडम, सो सॉरी...।'

---

1. गन-कॉटन, नाइट्रोग्लिसरीन और एक खनिज जेल्ली से बना हुआ सांघातिक विस्फोटक।

'थैंक यू,' सुजाता ने झुका हुआ चेहरा ऊपर नहीं उठाया था।

'मेमसाब!'

'एक गिलास पानी,' भीखन ने गिलास आगे कर दिया था। सुजाता की पुरानी आदत है। दफ्तर आते ही एक गिलास पानी पीती है।

'मेमसाब!'

भीखन ने धीरे से कहा था। सुजाता ने उसकी आँखों का दर्द पढ़ लिया था : भीखन जैसे उन्हीं दर्द-भरी आँखों से उससे लिपट गया था जैसे एक दिन सुजाता उससे लिपट गई थी जब भीखन के लिए बैंक में तार आया कि उसका लड़का बीमारी से मर गया है।

भीखन पर से आँखें हटा ली थीं सुजाता ने। अभी, इसी वक्त वह उसकी सहानुभूति नहीं ले पा रही है। 'भीखन, तू मुझे माफ कर दे, भाई! व्रती की मौत तेरे बेटे की मौत की तरह तो नहीं है न! तेरे बेटे की मौत ऐसी थी कि सबकुछ भूलकर तुझसे लिपटकर दुख बँटाया जा सकता था।'

लेकिन व्रती उस तरह जो नहीं मरा। व्रती की मृत्यु के पहले बहुत-से प्रश्न हैं और बाद में भी बहुत-से प्रश्न-चिह्नों की भीड़ लग गई है। कतारों में चलनेवाले प्रश्न-चिह्नों का जुलूस। और वे सब प्रश्न अनुत्तरित रह गए हैं। एक का भी जवाब मिलने से पहले ही व्रती चैटर्जी की फाइल बंद हो गई!

'भीखन, तू मुझे माफ कर।'

सारा दिन मशीन की तरह काम करती रही। व्रती के बाबूजी से शाम को लौटते ही पूछा था :

'तुमने व्रती की फोटो हटाकर तिमंजिले में रखने को कहा है?'

'हाँ।'

'उसके जूते?'

'हाँ।'

'क्यों?'

'क्यों!'

दिव्यनाथ ने हैरान होकर सिर हिलाया था।

क्यों व्रती की सब चीजें हटा देना जरूरी है—क्यों उसके अस्तित्व के, उसकी स्मृति के टुकड़े-टुकड़े कर निशानों तक को मिटा देना जरूरी है—यह अगर सुजाता नहीं समझेगी तो कौन उसे समझा सकता है?

दिव्यनाथ कुछ नहीं बोले थे।

'तिमंजिले के कमरे में ताला लगा है क्या?'

'हाँ।'

'चाबी किसके पास है?'

'मेरे पास।'

'दो।'

चाबी को लेकर सुजाता उठकर चली गई थी। तिमंजिले के कमरे में व्रती सोता था। आठ वर्ष की उम्र से ऐसा ही बंदोबस्त है। पहले-पहल वह अकेला नहीं सोना चाहता था, डरता था। सुजाता ने कहा था : ठीक है, हेम उसके कमरे में जमीन पर सो जाया करेगी।

दिव्यनाथ गुस्से से भर जाते थे कि ज्योति, नीपा, तुली—उनके बारे में सुजाता ने कभी कमजोरी नहीं दिखलाई। सुजाता कहती थी कि उन्हें तब भी एतराज था क्योंकि वे भी डरते थे, लेकिन तब दिव्यनाथ जो कहते हैं उसके विपरीत कोई करे—ऐसा सोचा भी नहीं जा सकता था।

डरता था व्रती, बहुत डरता था। बेहद कल्पनाशील बच्चे जैसे डरते हैं। रात को सड़क पर से आती हुई 'रामनाम सत्त है' की आवाज से डरता था। दिन में बहुरूपिया जब डाकू बनकर आता था और दहाड़कर बोलता थो, तो भी डरता था। अब व्रती सब डरने-न-डरने के परे है। बचपन से ही मृत्यु की कविता उसको

बहुत प्रिय थी। तभी तो कभी-कभी सुजाता के सपने में सात साल का व्रती खिड़की पर पैर लटकाके बैठकर कविता पढ़ा करता है। सपने में सुजाता जब व्रती को देखती है तब जैसे दो चेतनाएँ एक साथ बनी रहती हैं। एक मन कहता है—यह तो सपना है, व्रती नहीं है; दूसरा मन कहता है—नहीं, यह सपना नहीं, सच है।

इसीलिए सुजाता के सपने का व्रती खिड़की पर पैर लटकाए बैठे कविता पढ़ता है। सुजाता उसके बिस्तर पर बैठकर सुनती है, सुनती जाती है और उसके बिस्तर की चादर खींचकर ठीक कर देती है, तकिया ठीक से लगा देती है।

कभी वह पढ़ता है :

था डरपोक जो और सभी से ज्यादा
उसी ने खोला अँधियारे घर का ताला।

कभी सपने में देखती थी—हाथ में 'शिशु' नाम की कविता की किताब लिए टहलता हुआ व्रती पढ़ रहा है :

अँधियारे में ही चला गया तू
लौटके आ अँधियारे में चुपके-चुपके
और कोई न देख पाएगा तुझको
बस तारे तेरा मुँह ताकेंगे झुकके।

सोते-सोते चिल्ला पड़ती है उसका नाम लेकर, और नींद टूट जाती है। सपना इतना सच-सा लगता है कि सुजाता चारों ओर नजर दौड़ाती है और व्रती को खोजती है!

तिमंजिले के कमरे के सामने ठिठककर खड़ी हो गई थी सुजाता। व्रती का बिस्तर लपेटा हुआ है—कपड़े आलमारी में, दीवार पर तसवीर, शेल्फ में किताबें। सिर्फ सूटकेस नहीं है। उसे पुलिस ले गई थी। उसके पलंग के बाजू पकड़कर, सुजाता ने भौंहें

सिकोड़कर सोचने की कोशिश की कि व्रती की हत्या में क्या उसकी भी कोई परोक्ष देन है? कैसे गढ़ा-बनाया था उसने व्रती को कि इस दशक में, जो मुक्ति का दशक होने चला है, व्रती एक हजार चौरासीवीं प्राण-हीन देह हो गया? हो गया था। फिर वह क्या कर सकती थी और कर नहीं पाई कि जिससे व्रती एक हजार चौरासीवीं लाश हो गया? उसकी असामर्थ्य का मूल कहाँ था?

दिव्यनाथ व्रती को सह नहीं पाते थे, कहते थे : 'मदर्स चाइल्ड![1] तुम्हीं ने उसे मुझसे दुश्मनी करना सिखाया है।' सुजाता हैरान रह जाती थी। वह क्यों व्रती को सिखाएगी बाप से दुश्मनी करना? आखिर क्यों? दिव्यनाथ क्या सुजाता के दुश्मन हैं? दिव्यनाथ की जिन मूल्यों पर आस्था है—संभ्रांतता, अच्छी आर्थिक अवस्था, सुरक्षा—उसकी भी आस्था इन्हीं पर है। कम-से-कम आस्था है या नहीं—यह प्रश्न उसने अपने से कभी नहीं किया और जब प्रश्न ही नहीं किया तो शायन प्रश्न कभी उठा ही नहीं था।

सुजाता बड़े घर की लड़की है। बेहद रूढ़िवादी परिवार है उसका। लॉरेटो में पढ़ना, बी.ए. पास करना—यह सभी कुछ विवाह के लिए किया गया था। लड़के की हालत खास अच्छी नहीं है—जानते हुए भी, बड़े घर के लड़के दिव्यनाथ के साथ उसकी शादी कर दी गई।

घर की अच्छी आर्थिक हालत, सुरक्षा—इन सब पर सुजाता की भी आस्था है, इसलिए दिव्यनाथ का आरोप झूठा है। लेकिन अगर यह आरोप झूठा है तब तो सिर्फ यही प्रमाणित होता है कि सुजाता ने व्रती को बाप से दुश्मनी ठानने को नहीं उकसाया। यह तो प्रमाणित नहीं होता न कि व्रती बाप को दुश्मन नहीं समझता था। व्रती दिव्यनाथ को सह नहीं पाता था, यह सुजाता

1. अपनी माँ का ही बेटा है।

को मालूम था। अच्छी तरह पता था।

'क्यों व्रती, ऐसा क्यों?'

'दिव्यनाथ चैटर्जी एक व्यक्ति या एक इकाई के रूप में मेरे शत्रु नहीं हैं।'

'फिर?'

'उनका जिन चीजों, जिन मूल्यों पर विश्वास है उन्हीं पर और भी कितने लोगों का विश्वास है। इस मूल्य-बोध को जो पाल-पोस रहा है वही वर्ग हमारा शत्रु है। वह उसी वर्ग के हैं।'

'जाने क्या-क्या कहता है तू; मुझे समझ नहीं आता कुछ।'

'समझने की कोशिश ही क्यों कर रही हो? बटन लगाओ न!'

'व्रती, तू जाने कैसा होता जा रहा है?'

'मतलब?'

'बदलता जा रहा है।'

'बदलना नहीं चाहिए मुझे?'

'कहाँ घूमता रहता है सारा दिन?'

'बस, गप्पें, तफरीह और क्या!'

'किनके साथ?'

'दोस्तों के।'

'ले अपनी कमीज, बटन लगाना था, बस तभी माँ के साथ बतियाने का थोड़ा-सा समय मिला तुझे।'

व्रती कुछ नहीं बोला था—सिर्फ आँखें मिचमिचाकर हँस दिया था। उसके हँसने, बोलने के तरीके में जाने क्या चीज बार-बार झलकती थी—सहनशीलता, धीरज। जैसे सुजाता के कुछ पूछने से पहले ही वह जानता था कि जवाब उसके समझ में नहीं आएगा। बात ऐसे करता था उसके साथ जैसे वह बाप हो और सुजाता उसकी छोटी-सी बेटी। उसको समझा-बुझाकर फुसला रहा हो जैसे। सुजाता को महसूस हो रहा था कि धीरे-धीरे व्रती अजनबी बनता जा रहा है, उसकी पहचान से परे होता जा रहा है। तब

मन दुखी हो जाता था, लेकिन किसी भी तरह की कोई आशंका मन में नहीं जागी थी, डर भी नहीं लगा था।

क्यों उसे यह अहसास नहीं हुआ था कि जब बेटा धीरे-धीरे माँ की पहचान के परे होता जाता है, एक घर में रहते हुए भी जुड़े रहने के सब सूत्र टूट जाते हैं तो किसी भी दिन भयंकर विपदा आ सकती है?

व्रती के कमरे में खड़ी हो सुजाता भौंहें सिकोड़कर यह सब सोचती रही थी, सोचती रही थी।

व्रती अगर सुजाता के भैया की तरह कठिन बीमारी भुगतकर मरता तो मरने के बाद कुछ प्रश्न रह जाते मन में। शायद वे प्रश्न होते—डॉक्टर से कोई भूल हुई, या हमसे? इस डॉक्टर को न बुलाकर अगर किसी और को दिखाते, तो कैसा रहता? यह दवा न देकर कोई और दवा देते तो? बीमारी भुगतकर हुई मौत के बाद ऐसे ही सवाल उठते हैं मन में।

व्रती अगर दुर्घटना में मरता तो मन में सवाल उठते—दुर्घटना से बचा जा सकता था या नहीं? व्रती जरा सँभल जाता, तो क्या होता? सुजाता का अगर दिव्यनाथ की तरह जन्मपत्री पर विश्वास होता तो मन में प्रश्न उठता—जन्मपत्री में इस दुर्घटना का कोई जिक्र था या नहीं—अगर था तो उससे बचने का कोई उपाय था या नहीं?

व्रती अगर कोई अपराध करते हुए मारा जाता तब लगता, इस घर का लड़का होकर किसके दोष से वह बुरी संगति में पड़कर अपराधी बन गया? क्या करने पर इससे बचा जा सकता था?

व्रती तो इनमें से किसी भी श्रेणी में नहीं टिकता। उसका अपराध बस इतना ही था कि इस समाज, इस व्यवस्था पर से उसका विश्वास उठ गया था। उसे अहसास हुआ था कि जिस रास्ते पर समाज, राष्ट्र चल रहा है, उस रास्ते से मुक्ति नहीं मिलेगी। अपराध उसका इतना ही था कि उसने सिर्फ नारे लिखे ही नहीं, उन नारों पर विश्वास भी किया था! दिव्यनाथ और

ज्योति ने व्रती की मुखाग्नि तक नहीं की! व्रती क्या इतना समाज-विरोधी था कि उस-जैसों की लाश काँटापुकूर में लावारिस लाशों के साथ पड़ी रहे? रात होने पर पुलिस के पहरे में गाड़ी पर लादकर श्मशान ले जाई जाए और फिर उसे फूँक दिया जाए?

रात को लाशें जलाई जाती हैं। जिनको श्राद्ध-शांति पर विश्वास है वे लोग भी सुबह के उजाले में श्राद्ध नहीं कर सकते। उन्हें इंतजार करना पड़ता है—सारा दिन लाल सूजी हुई आँखें लेकर। फिर रात को जाकर किसी घाट-ब्राह्मण को पकड़ना पड़ता था। ब्राह्मण हर किसी से कुछ फीस लेकर रातों-रात झटपट श्राद्ध खत्म कर डालता है। व्रती ने नारे लिखे थे। पुलिस ने जब उसके कमरे की तलाशी ली थी तब सुजाता ने नारों की लिपि और इबारत देखी थी। व्रती की ही लिखाई थी।

'क्योंकि जेल ही हमारा विश्वविद्यालय है।'

'बंदूक की नली से ही ...।'

'यह दशक मुक्ति के दशक में बदल रहा है।'

'घृणा कीजिए, ढूँढ़कर निशाना बनाइए, नाश कीजिए बीच के दलालों का।'

'...आज येनान[1] में परिणत हो चला है।'

इबारत सुनी थी सुजाता ने—व्रती जैसे लोग पहले ऐसी ही इबारतें लिखते हैं, फिर दीवारों पर इन्हें उतारते हैं। रातों-रात अँधेरे में लिखते हैं, और कालू जैसों की तरह बेपरवाह होकर, दोपहर ग्यारह बजे जब पूरे मुहल्ले पर पुलिस का घेराव है, तपन का खून जब तक सूखता भी नहीं, संभ्रांत घरों की दीवारों पर लिखते हैं : 'लाल बंगाल के लाल कॉमरेड तपन के लाल खून से...बाजार में जलाकर मा...।'

आखिरी शब्द लिखते-लिखते कालू को गोली लगती है, इसी

1. चीन का एक प्रदेश।

से वाक्य पूरा नहीं हो पाता, इतना ही रह जाता है।

व्रती जैसे लोग ऐसी ही एक नई जात के लड़के हैं। नारे लिखने पर सनसनाते हुए कारतूस आएँगे—यह जानते हुए भी व्रती जैसे लोग नारे लिखते रहते हैं—काँटापुकूर पहुँचने के लिए जल्दी मचाते हैं!

सुजाता तो चाहकर भी व्रती को किसी अपराधी की श्रेणी में नहीं डाल सकी।

व्रती के लिए रोते-रोते ज्योति और दिव्यनाथ ने उसे समझाया था—इस समाज में बड़े-बड़े हत्यारे हैं जो खाने की चीजों में, दवाइयों में, बेबीफूड में मिलावट करते हैं, वे जिंदा रह सकते हैं। इस समाज में नेता लोग निहत्थे गाँववालों को पुलिस की गोली के सामने धकेलकर खुद मकान, गाड़ीसमेत पुलिस के पहरे में बेखटके, निडर होकर जिंदा रह सकते हैं। लेकिन व्रती तो उन लोगों से भी बड़ा अपराधी है—क्योंकि उसने विश्वास खो दिया था—इस मुनाफाखोर, स्वार्थांध, व्यवसायी समाज और उनके नेताओं पर विश्वास खो दिया था। यह विश्वासहीनता जिस बच्चे, किशोर या युवक के मन में घर बना लेती है, उसकी उम्र बारह, सोलह या बाईस की, चाहे जो भी हो, उसके लिए एक ही सजा निश्चित है—मृत्यु।

छाती के बल जमीन पर रेंगनेवाले, हवा का बदलता हुआ रुख देखकर मत बदल देनेवाले, सुविधावादी कलाकार, साहित्यिक बुद्धिजीवियों के इस समाज को जो लोग घृणित समझते हैं—उन सब लोगों की सजा निश्चित है—मौत!

उन लोगों की सजा है मौत! सबको उनकी हत्या का अधिकार है। सब दलों और मतों के लोगों को इन दलहीन तरुणों की हत्या करने का निर्बाध, जनतांत्रिक अधिकार है! कानून की अनुमति इसके लिए नहीं चाहिए।

इन आस्थाहीन तरुणों की अकेले या एक साथ, झुंड-के-झुंड की हत्या की जा सकती है। गोली, छुरा, भाला, बल्लम—जो कोई

भी हथियार मिले, उससे शहर के किसी भी हिस्से में, किसी भी दर्शक या दर्शकों के सामने ऐसे तरुणों को मारा जा सकता है! ज्योति और दिव्यनाथ ने यह सबकुछ सुजाता को तोते की तरह रटाया था, और सुजाता ने सिर हिलाकर कहा था : 'नहीं!'

व्रती की मृत्यु के पहले प्रश्न था—क्यों आस्थाहीनता पर ही व्रती की असीम आस्था हो चली थी?

उसकी मृत्यु के बाद का प्रश्न था—व्रती चैटर्जी की फाइल तो बंद हो गई, लेकिन उसकी हत्या करके क्या इस आस्थाहीनता की ज्वलंत आस्था को हमेशा के लिए खत्म कर दिया गया? व्रती नहीं है, व्रती आदि लोग नहीं हैं—इसी से क्या सबकुछ खत्म हो गया?

प्रश्न था—व्रती की मृत्यु क्या निरर्थक है? क्या उसकी मौत का अर्थ है—एक बहुत बड़ा 'नहीं'?

सबकुछ अलीक था, अस्तित्व-हीन था। उसकी आस्थाहीनता, उसकी निडरता? उसका अदम्य आवेग? सामने मौत खड़ी है, यह जानकर भी समू, विजित, पार्थ और लालटू को आगाह करने के लिए ही सोलह जनवरी को नीली कमीज पहनकर, सुजाता को भुलावे में रखकर, बाहर चले जाना निरर्थक था? जाने से पहले उसका सुजाता को देखना, सुजाता के सुंदर, अभिजात प्रौढ़ चेहरे की पीड़ा की एक-एक रेखा को मन में सहेज लेना, यह सबकुछ निराधार था?

सुजाता ने धीरे से सिर हिलाया था, और कमरा बंद करके बाहर निकल आई थी। चाबी उस दिन से उसी के पास है, उसी के पर्स में। दो साल हो गए हैं—रोज रात को उठकर यहाँ आती है वह, कमरा साफ करती है, धूल-गर्द पोंछती है। बिस्तर फिर से बिछा दिया है उसने, जूते अलगनी के नीचे रख दिए हैं। कपड़े तहाकर रखे हैं। उसकी ही तरह कई हजार माँएँ क्या इसी तरह छुप-छुपकर अपने बेटों के कपड़ों को, तसवीरों को छूती हैं?

व्रती के कमरे में बैठी रहती है सुजाता! मन-ही-मन उससे बातें करती है। आँखें बंद करके सोचती है--व्रती पास ही है। सोचती है कि और भी कितनी-कितनी माँ इसी तरह छुपकर बेटे को पास बुलाना चाहती होंगी। वह बातें करती है--कभी व्रती जवाब देता है, कभी नहीं।

ज्योति के कमरे में टेलीफोन की घंटी बज रही है। टेलीफोन उठाने गई तो ये सब बातें याद आ गईं।

समू, लालटू, विजित और पार्थ के घरों में तो फोन नहीं है न! घंटी की आवाज से कोई भी उनको नींद से नहीं जगाएगा। आज उन सबकी माताएँ क्या सोच रही होंगी--आज की इस सुबह?

बिना भारी कदमों से नाइलॉन की नाइटी पहने दरवाजा खोल देती है। उसके चेहरे पर खीज की छाया है। इतनी जल्दी न तो उसकी नींद ही खुलती है, न वह उठना ही चाहती है।

नियमित रूप से नींद और आराम की जरूरत है बिनी और ज्योति--दोनों को। एक-दूसरे से बेहद प्यार करते हैं सुजाता के बेटा और बहू। हालाँकि सुमन जब आठ महीने का था तभी से दोनों के बिस्तर अलग हैं, फिर भी सुखी प्रेमी-दंपति के नाम से प्रसिद्ध हैं वे दोनों! शरीर-सुख बहुत बहुमूल्य है, सुजाता को तो यही मालूम था, लेकिन बिनी और ज्योति ने प्रेम और शरीर के सुख को अलग-अलग रखा है। उनका प्यार दूसरी तरह का है। उनकी शादी की साल-गिरह में जोर-शोर से पार्टी होती है। दोनों एक साथ घूमते हैं; इधर-उधर जाते हैं। सुजाता ने सुना है, बिनी क्लब में ज्योति के अलावा और किसी के साथ नहीं नाचती--इससे समाज में उसका बड़ा नाम है।

सुजाता ने फोन उठाया।

'कौन?'

'मैं नंदिनी।'

‘नंदिनी?’

‘हाँ, मैं लौट आई हूँ।’

‘कब?’

‘परसों।’

‘ओह!’

‘आपसे एक बार मिलना जरूरी है। आपके घर में नहीं आऊँगी। आज आप बैंक जाएँगी?’

‘आज तो नहीं जाऊँगी, नंदिनी। आज मेरी छोटी लड़की तुली की सगाई है। तुम बताओ, कहाँ पर मिलना हो सकता है? शाम को छोड़कर किसी भी समय आ सकती हूँ।’

‘ठीक चार बजे?’

‘आ सकती हूँ। कहाँ पर?’

‘एक पता दे रही हूँ। आपके घर से ज्यादा दूर का नहीं है।’

‘बताओ।’

नंदिनी ने पता बताया। सुजाता ने फोन नीचे रख दिया। नंदिनी! व्रती नंदिनी से प्यार करता था, लेकिन सुजाता ने नंदिनी को कभी नहीं देखा।

ज्योति की तरफ देखा। सोते हुए, हाँ सिर्फ सोते हुए ही ज्योति के चेहरे पर व्रती के चेहरे की झलक देख पाती है सुजाता।

सुजाता बाहर बरामदे में आकर खड़ी हुई। थोड़ी-थोड़ी ठंड-सी लगने लगी! नंदिनी और व्रती ने मिलकर एक कविता की पत्रिका निकाली थी। उन लोगों के साथ मिलकर नाटक किया था। सुजाता बीमारी की वजह से जा नहीं पाई थी। घर से और कोई भी नहीं गया था—सिर्फ हेम ने कहा था : ‘छोटे भैया के लिए बड़ी तालियाँ बजीं, समझी, माँजी! सब लोग कितनी तो बड़ाई कर रहे थे!’

हेम ही बातें करती थी व्रती के साथ। जब व्रती सुजाता से दूर हटता जा रहा था, अजनबी बनता जा रहा था, और वह उससे बातें करते हुए भी डरती थी तब हेम ही उससे कह सकती थी :

'राज-कारज में जा रहे हो, यह पता है भैया, लेकिन खाना खाकर मुझे पार लगा जाओ, हाँ!'

जब 'दीघा जा रहा हूँ' कहकर व्रती रास्ते में उतरकर कहीं और चला गया था, तब हेम ने ही उसका सूटकेस ठीक-ठाक कर दिया था।

हेम ने कहा था : 'छोटे भैया की एक लड़किन से दोस्ती है, माँजी! रसोइया देख आया है; छोटे भैया बाहर जाते हैं तो वह रास्ते पर खड़ी इंतजार करे है, फिर दोनों साथ चले जाए हैं। काली-सी लड़की।'

वही नंदिनी! सुजाता का दिल क्यों धड़क रहा है? बैलारगन खाकर ज्यादा देर तक लेटी नहीं, इसीलिए? नंदिनी ने फोन किया था, इसलिए? बाथरूम से सजधजकर निकली बिनी। गरदन तक कटे रूखे बाल, नीली साड़ी पर नीला कार्डिगन। मैचिंग के बिना कभी कपड़े नहीं पहनती बिनी, नीपा भी नहीं। तुली भी नहीं। बिनी कैसी धुली-धुली-सी लग रही है!

'किसका फोन था, माँ?'

'नंदिनी का।'

'नंदिनी?'

'व्रती की दोस्त।'

बिनी का चेहरा उत्सुकता से भर गया।

'नीचे क्यों जा रही हो, माँ?'

'क्या-क्या बनेगा, देख आऊँ। तुम सुमन को जगाओ। उसको स्कूल जाना है न, बस आएगी।'

'नीचे तो तुली ही गई है।'

सुजाता हँसी थोड़ा-सा। आज तुली की सगाई है। उसे यह भरोसा नहीं कि आज भी उसकी देखरेख के बिना इस घर में चाय, ब्रेकफास्ट, दोपहर का खाना, शाम को कमरे को सजाना—यह

सबकुछ हो जाएगा। किसी पर भरोसा नहीं है उसे।

सोलह साल की उम्र में तुली पढ़ाई छोड़कर क्राफ्ट सीखने लग गई थी, तभी से घर का सारा भार सँभाल लिया था। दरअसल सी.ए. फर्म चल जाने पर दिव्यनाथ ने सुजाता को नौकरी छोड़ देने के लिए कहा था। सुजाता ने किसी की नहीं सुनी थी। सासजी व्रती के आठ का होने तक जिंदा थीं। जब तक वह थीं, अपनी मरजी की एक साड़ी तक खरीदने का अधिकार उसे नहीं था।

इसीलिए इस बैंक में आना-जाना, अपने मन के मुताबिक जीवन को बिता पाना—यह सबकुछ सुजाता के लिए बहुत महत्त्वपूर्ण हो उठा था। इसी से कहने पर भी उसने नौकरी नहीं छोड़ी थी।

तुली बिलकुल अपनी दादी पर गई है। सुजाता ने नौकरी नहीं छोड़ी—इसलिए तुली के पिताजी और दादी बहुत नाराज थे। दरअसल सुजाता अपनी मरजी से चलना चाहती है। घर-गृहस्थी में उसका मन नहीं है—बच्चे जैसे बोझ हों यही सब बातें माँ-बेटे में हर समय चलती रहती थीं।

तुली भी कहती थी, अब भी कहती है कि जिस घर की गृहिणी दस घंटे घर से बाहर रहती है उस घर में लड़की को तो मजबूर होकर सबकुछ करना पड़ता ही है। 'मैं न करूँ तो कौन-सा काम होता है यहाँ?'

हर समय तुली असंतुष्ट और नाखुश रहती है। कभी-कभार चाय बनानी या कभी क्या खाना बनेगा यह बताना—यह सबकुछ जैसे बड़ी कुरबानी कर रही हो, इस ढँग से करती है। शायद शादी होने के बाद सुधर जाएगी!

क्राफ्ट सीखने के बाद एक सहेली के साथ साड़ियों की छपाई की दुकान खोल ली थी तुली ने। इसी समय टोनी कपाड़िया के साथ जान-पहचान हो गई। आज, व्रती के जन्म-दिन के दिन तुली की सगाई करने का प्रस्ताव टोनी की माँ ने ही रखा था। मिसेज कपाड़िया के गुरु स्वामीजी अमेरिका में रहते हैं। उन्होंने ही बताया कि यह दिन ही उनके कैलेंडर के मुताबिक सबसे

शुभ दिन है। स्वामीजी के शिष्य उन्हीं के कैलेंडर को मानते हैं। उस कैलेंडर में कोई छुट्टी-वुट्टी नहीं है। तीन सौ पैंसठ दिन ही हैं ध्यान और कर्म के दिन। टोनी की माँ की बातें करते-करते दिव्यनाथ और तुली इस बारे में सुजाता से पूछना ही भूल गए!

नीचे उतरते ही सुजाता ने भाँप लिया कि तुली बहुत देर से मन-ही-मन उससे झगड़ रही है। आज उसके जीवन का एक खास दिन है, लेकिन सुजाता को इसमें जैसे कोई खास बात नहीं दिखाई दे रही है, इसी पर उसे गुस्सा आ रहा है।

'माँ, तुम क्या खाओगी?'

'थोड़ा-सा नीबू-पानी लूँगी।'

'क्यों, दर्द बढ़ा है क्या?'

'नहीं, अभी नहीं है।'

'पता नहीं कि तुम यह खतरा क्यों उठा रही हो! ऐपेन्डिक्स का ऑपरेशन तो आजकल कुछ भी नहीं रहा है।'

हमेशा ऐसा नहीं होता—ऐपेन्डिक्स का ऑपरेशन होना चाहिए स्वेच्छा पर। इसके सूजने और पकने से पहले जरा-जरा दर्द होने पर ही कटवा देना चाहए। सुजाता के वक्त ऐसा नहीं हुआ। इसके अलावा डॉक्टरों को शक है कि सुजाता के ऐपेन्डिक्स में शायद सड़ाँध पड़ गई है। ठीक समय पर ऑपरेशन न हो तो सड़ाँध शुरू हो जाती है। फट जाए तो और भी खतरनाक है। लेकिन सुजाता का दिल कमजोर है; खून की अलग से कमी है—इसलिए ऑपरेशन करना अभी संभव नहीं है। कल ही तो सुजाता यह सब पता लगाकर आई है, लेकिन तुली से उसने यह सबकुछ नहीं कहा! सिर्फ कहा : 'कराऊँगी ऑपरेशन।'

'कब?'

'तेरी शादी निपट जाए तब।'

'शादी तो अप्रैल में होगी।'

'शायद उससे पहले ही करा लूँ। हेम, हेम!'

'क्या, माँजी!'

'मुझे थोड़ा-सा नीबू-पानी देना।'

'इतनी सुबह किसने फोन किया था?'

'नंदिनी ने।'

तुली का चेहरा लाल हो गया। भौंहें सिकुड़ गईं। उसने केतली में जोर-जोर से टकराते और आवाज करते हुए चम्मच चलाया और देखा, चाय का रंग आया है या नहीं। फिर बुड़बुड़ाने लगी : 'एक घंटी बजाने का टाइमटेबल बनाना चाहिए, जिससे सब लोग आकर एक साथ चाय तो पी जाएँ! जब जिसकी मरजी हो तब आता है; इससे औरों को भी तकलीफ होती है, और मेरी तो मुसीबत!'

सुजाता कौतुकवश तुली को देखने लगी। ठीक ऐसी ही आवाज में उनकी सास बातें किया करती थीं। बच्चों का सुस्ती से लेटे रहना, जब मरजी हो खाना-पीना--यह सब उनको फूटी आँखों नहीं सुहाता था। हर समय पीछे लगी रहती थीं सबके, चिड़चिड़ाती थीं। सबने उनके अनुशासन को मान ही लिया था। सिर्फ व्रती अकेला ऐसा था जिसने बचपन से ही उनका रौब नहीं माना था। देर से सोकर उठता था। कायदे के अनुसार खाने की टेबल साफ कर दी जाती थी। व्रती रसोई में जाकर हेम के पास पीढ़े पर बैठकर खाता था।

'अजीब घर है, और उसका अजीब डिसिप्लिन,' तुली ने दबी असंतुष्ट आवाज में कहा।

अभी से, इस अट्ठाइस वर्ष की उम्र से ही इतना असंतोष भरा है उसमें! अभी पूरी जिंदगी पड़ी है। 'ज्योति देर से सोता है। उसे उठाने से क्या फायदा? और तेरे पिताजी तो लस्सी पीएँगे।'

'वह तो मैंने उनके मालिशिये के जाते ही भेज दी है। पिताजी की बात नहीं हो रही है।'

'बिनी पूजा करके आ रही है।'

'ढोंग है सब।'

'क्यों? ढोंग क्यों है? तेरी दादीजी तो रोज पूजा-पाठ करती थीं, मुझे अच्छा नहीं लगता था। रस्म निभाने के लिए फूल-जल

में भी चढ़ा देती थी। बिनी को अच्छा लगता है, वह पूजा-पाठ करती है। इसमें तुझे ढोंग कहाँ दीखता है?'

'पता नहीं भई, इंगलैंड में पैदा हुई। वहाँ सोलह साल बिताने के बाद भी इतनी भक्ति कहाँ से आ गई, पता नहीं।'

'विलायत में बाप का घर है, इसलिए वहाँ रहती थी। वहाँ पले, बड़े होने और पूजा करने में कौन-सा विरोध है? मुझे तो कोई विरोध नहीं दीखता।'

'सचमुच की भक्ति-भावना होती तो कोई बात भी थी। उसके लिए तो पूजाघर एक घरेलू साज-सिंगार है!'

'तू भी तो स्वामीजी के मंदिर में जाती है—पार्क स्ट्रीट पर।'

'वह अलग चीज है, माँ!'

'मुझे तो नहीं लगता। जिसका जिस बात पर विश्वास है, जो करने को दिल करता है, वह करे। लेकिन दूसरे का विश्वास ढोंग-ढकोसला और मेरा अपना विश्वास खरा है—ऐसा क्यों सोचा जाए?

'व्रती भी दूसरों के विश्वास पर हँसता था। तुझे स्वामीजी पर विश्वास है, बिनी को अपने पूजा-घर पर। दोनों में एक तरह से समानता ही है। व्रती की भी आस्था थी। दूसरों के विश्वास और उसके विश्वास में बहुत अंतर था। लेकिन उसने कभी दूसरों के विश्वास पर व्यंग्य किया हो, ऐसा मुझे याद नहीं है; वह बहस करता था। बहस में तू हार जाती थी तो गुस्सा हो जाती थी। तुझे नाराज करके वह मजा लेता था!'

'वह विश्वास करता था, ऐसा क्यों कह रही हो, माँ? किसी तरह का विश्वास उसमें नहीं था।'

'तुली, मैं तेरे साथ व्रती के बारे में कोई बातचीत नहीं करना चाहती।'

'क्यों?'

'फायदा क्या है? तू उसे पहचानती ही नहीं।'

'अभी तक तुम...।'

'तुली, तू चुप हो जा।'

सुजाता का हाथ काँप गया। उसने अपने को सँभाल लिया और हेम से कहा : 'बिनी को चाय पीने के लिए बुला, हेम।'

तुली, उनकी बेटी, ने उनकी तरफ अपरिचित, जलती हुई आँखों से देखा और फिर अजनबी की-सी आवाज में बोली : 'आज लॉकर से गहने क्या मुझे ही निकालने पड़ेंगे?'

'मैं चली जाऊँगी।'

'शाम को तुम घर पर रहोगी?'

'रहूँगी।'

'मुझे उम्मीद है कि आज तुम टोनी के दोस्तों के साथ जरा सहज ढँग से पेश आओगी।'

'तुम लोग क्या सरोज को भी बुला रहे हो?'

'बुलाया तो है। पता नहीं, आएगा कि नहीं।'

'सरोज को?'

सरोजपाल! 'सरोजपाल तुम्हें माफ नहीं किया जा सकता!' अक्षम, नपुंसक, ललकार। दो बरसों से सरोजपाल ने इस व्यापक तहकीकात, तलाशी और दंडविधान का भार सँभाला है। उसकी इस असाधारण कर्म-दक्षता और निर्भीकता के लिए...।

मुक्ति-दशक! सरोजपाल सिपाहियों-संतरियों को दलबद्ध कर रहा है। दलपति की तरह निर्देश दे रहा है—'काली माता रक्त माँगती है।' सरोजपाल! सुंदर चेहरा, सुंदर हँसी, बात करने का सुंदर लहजा : 'यस् मिस्टर चैटर्जी, आई क्वाइट ऐश्योर यू, मिसेज़ चैटर्जी, मैं जानता हूँ, मेरी भी माँ है।' सरोजपाल! 'यस्, सर्च द रूम। नहीं मिसेज़ चैटर्जी, आपका बेटा अपनी माँ से झूठ बोला था। वह दीघा नहीं गया था। ही ब्रोक हिज़ जर्नी। मिसगाइडिड यूथ! यस्, कैंसरस ग्रोथ ऑन द बॉडी ऑफ़ डेमोक्रेसी।[1] नहीं मिस्टर चैटर्जी, किसी अखबार में नहीं छपेगी। आप टोनी के होनेवाले ससुर हैं...टोनी मेरा...।' सरोजपाल!

---

1. व्रती रास्ते में ही उतर गया था। भ्रांत नवयुवक! जनतंत्र की काया में पनप रहा कैंसर का रोग!

तुली सुजाता को घूर रही है।

'इनफ़ इज़ इनफ़, माँ। दो साल हो गए, तुमने इस घर को कब्र बनाकर रखा है। पिताजी तुम्हारे सामने मुँह नहीं खोलते; बड़े भैया अपराधी-से बने रहते हैं। इस तरह की कोई घटना हो जाए तो सभी उसे दबाने की कोशिश करते हैं। यह स्वाभाविक ही है। व्रती इज़ डैड। यू मस्ट थिंक ऑफ़ द लिविंग।[1] तुम...।'

'इतनी जल्दी बात दबा देने की कोशिश करते हैं? लाश शनाख्त होने से पहले ही? टेलीफोन मिलते ही बाप के मन में इच्छा नहीं होती कि दौड़कर चला जाऊँ, देख आऊँ या उससे पहले यह खयाल आता है कि गाड़ी को काँटापुकूर पर खड़ी करना ठीक नहीं होगा!'

या फिर फोन आने से बहुत पहले ही व्रती अपने पिता और भाई के लिए मर चुका था? क्या इसीलिए सुजाता विश्वास नहीं कर सकी थी और उन लोगों ने अविश्वास नहीं किया था? इसीलिए खबर को दबा देने की कोशिश में दोनों गिरते-पड़ते सिफारिश के लिए पहुँच गए थे।

अचानक सुजाता को लगा—यह एक रहस्यपूर्ण नाटक है और वे सब लोग इस नाटक के पात्र हैं!

हालाँकि व्रती इसी घर का लड़का था, लेकिन फिर भी उसकी निर्मम हत्या हो जानें के बाद उसके बाप, भाई, बहनें अपने-अपने समाज में किस तरह उसकी मौत का ब्यौरा देते हुए अटपटा महसूस करेंगे, उन्हें कितनी असुविधा होगी—यह सब व्रती ने मरने से पहले नहीं सोचा और इसी से इनके सजे-सवँरे अचंचल जीवन में थोड़ी-सी उथल-पुथल मच गई। इसी उथल-पुथल के कारण वह आज इनके लिए मृत है। इन लोगों ने मन-ही-मन दो गुट बना लिए हैं—एक में व्रती और सुजाता हैं, दूसरे में बाकी सब।

---

1. व्रती मर चुका है। तुम्हें जीवितों के बारे में सोचना चाहिए।

'चाहे जो हो, बाप, भाई-बहनों के लिए यह बात कितनी तकलीफदेह है कि...।'

'देखिए, मेरा लड़का था...।'

'सी, माई ब्रदर वाज़...।'

'मेरा छोटा भाई एक...।'

'टोनी, व्रती...।'

सुजाता इन सबके लिए विपक्ष-दल की है, क्योंकि अपने नियमित जीवन में उथल-पुथल लाने के लिए उसने कभी भी व्रती को दोषी नहीं ठहराया, छाती पीटकर नहीं रोई, किसी के कंधे पर सिर रखकर आँसू नहीं बहाए, और न ही सांत्वना माँगी। उसको यह लगा था कि जो लोग सबसे पहले अपनी सुविधा की बात सोचते हैं उनसे व्रती के बारे में बातें करके सांत्वना न मिलेगी, न वह लेगी ही। व्रती के बाप, भाई-बहनों से बढ़कर अपनत्व उसे अपनी नौकरानी हेम में महसूस हुआ था।

सुजाता को यह भी लगा कि जिस दिन से व्रती ने बदलना शुरू किया उसी दिन से इन सबने उसको मन-ही-मन व्रती के दल में रख दिया था। ये लोग जो करते थे, वह यह सब नहीं करता था। बड़े होकर आनेवाली जिंदगी में भी व्रती उनके जैसा नहीं करता, यह उनको पता था। इसलिए व्रती किसी दूसरे शिविर का वासी था।

व्रती अगर ज्योति की तरह खूब पीता होता, नीपा के पति की तरह शराबी होता, व्रती के पिताजी जैसे अभी तक टाइपिस्ट के साथ रंगरेलियाँ मनाते हैं वैसे वह भी करता होता, टोनी कपाड़िया की तरह अव्वल दर्जे का चार सौ-बीस होता, अपनी बहन नीपा की तरह—जो अब भी अपने फुफेरे देवर के साथ रह रही है—दुश्चरित्र होता, तब शायद ये लोग व्रती को विपक्षी दल का नहीं मानते, या कम-से-कम अगर उनको यह उम्मीद होती कि बड़े होकर व्रती उन्हीं लोगों की तरह निकल आएगा, तब भी शायद वे उसे अलग खेमे का नहीं समझते!

इनमें से किसी तरह की जीवनचर्या की ओर व्रती का झुकाव

नहीं था। सुजाता को भी अपने पति, संतान, दामाद के बरताव को लेकर कोई दुख नहीं था। पहले तो, जैसा कि हमेशा होता आया है, सिर झुकाकर ही सब स्वीकार कर लेने की सीख उसे मिली थी। दूसरे, उसके मन में इन चीजों को लेकर कभी कोई प्रश्न नहीं उठा; प्रश्न करने का नैतिक अधिकार उसे है या नहीं, यह भी उसे नहीं पता था। दुख उसको हुआ; बेहद दुख पाया है उसने। दिव्यनाथ ने हमेशा बाहर की लड़कियों के साथ मौजबहार की है। सास की तरफ से इसको सस्नेह बढ़ावा ही मिला है : 'उनका लड़का मर्द का बच्चा है; जोरू का गुलाम नहीं!' सुजाता को चोट पहुँची है, लेकिन फिर उसने सोचा : किसे इस दुनिया में खालिस सुख-ही-सुख मिल पाता है!

लेकिन व्रती बिलकुल ही दूसरी तरह का था। जब बहुत छोटा था तब भी उसे झूठ बोलकर बहलाया नहीं जा सकता था। समझाकर कहो तो मान जाता था। बात माननी है—इसलिए डाँटो-फटकारो तो कभी नहीं मानता था। जैसे-जैसे वह बड़ा होता गया, उसके अंदर सुजाता ने एक अलग, बिलकुल अलग दुनिया को आकार पाते देखा।

उसके साथ-साथ किताबें पढ़कर, उसे चिड़ियाघर ले जाते समय, उसके दोस्तों को बुलाकर उनसे बातें करके सुजाता धीरे-धीरे उसी में डूबी रही। जैसे उसके जीते रहने का युक्तिसंगत एकमात्र कारण व्रती ही बनता गया। शायद व्रती को लेकर ममत्व की बहुत ही गहरी भावना उसमें जाग उठी थी।

तभी तो अकेले उसके लिए सुजाता ने पति और सास की बातों को नहीं माना। निरर्थक निर्ममता या फिर बिलकुल सिर चढ़ा लेना—ये दोनों ही बातें व्रती को नहीं मिल सकीं। दूसरे बच्चों पर सासजी का हमेशा अधिकार और रौब रहा, लेकिन व्रती के वक्त सुजाता ने अपना अधिकार नहीं छोड़ा। जिद्दी, संवेदनशील, कल्पनाशील व्रती को सुजाता ने अपनी छाया के घेरे में लेकर पाला-पोसा था। पति और सास के अधिकार की आँच से उसे बचाने में उसको काफी तकलीफ उठानी पड़ी थी।

इसलिए क्या ये लोग आप भी उसे माफ नहीं कर सकते?

या व्रती को लेकर इनके मन में कोई पाप की ग्रंथि है? उसी को ढँका रखने के लिए ही क्या तुली कभी इतनी रूखी हो उठती है, दिव्यनाथ ऐसे अपराधी-से सकुचाकर रहते हैं और ज्योति इतना नम्र बना रहता है?

तुली को सुजाता ने यह सबकुछ भी नहीं कहा; सिर्फ बोली : 'तुली, तू सचमुच बहुत सुखी होगी।'

दोपहर

दो लाख लोगों की बस्ती, यह कॉलोनी किसी योजना के आधार पर नहीं बसाई गई। पश्चिम बंगाल में यही कॉलोनी अनधिकृत या जबरदस्ती दखल करके बनाई गई थी। पहले-पहल यहाँ एक जमींदार की कुछ जमीन थी—कुछ बगीचे, बहुत-से पोखर, तालाब और कुछ छोटे गाँव!

उन्नीस सौ सैंतालिस के बाद बढ़ती आबादी के दबाव में इस इलाके का नक्शा ही पलट गया। मैदान, दलदल, नारियल के बाग, धान के खेत, गाँव—सबकुछ को जैसे निगलकर यह कॉलोनी देखते-देखते बढ़ उठी।

इस इलाके से हमेशा विरोधी दल को ही वोट मिले हैं—शायद इसीलिए सरकार ने यहाँ पक्की सड़क, स्वास्थ्य-केंद्र, काफी संख्या में हैंड-पम्प, बस-रूट—इन सबका कोई भी बंदोबस्त नहीं किया। इन बीस वर्षों में जो लोग हालात बदलने पर धनी हो गए, उन लोगों ने भी कुछ नहीं किया।

अब इतने दिनों बाद सी.एम.डी.ए.[1] की फाइलें कुछ सरकने लगी हैं। इसी से सड़क की खुदाई का काम चालू हुआ है।

अब तो और कोई अशांति नहीं है; कोई डर नहीं है। अब दूकानों के पल्ले धड़ाधड़ बंद नहीं होते। घर-घर के दरवाजे भी बंद नहीं होते; रिक्शेवाला सिर पर पैर रखकर नहीं भागता, और न ही कोई राहगीर या सड़क का कुत्ता। आजकल अचानक कहीं बम फटने की आवाज भी नहीं सुनाई देती; और न ही

1. कैलकटा मेट्रोपालिटन डेवलपमेंट अथारिटी।

सुनाई पड़ता है—'मार-मार', हो-हल्ला, मरते हुओं की कराह या मारनेवाले का उल्लास!

कालीगाड़ी[1] अब कभी फर्राटे से सड़कों पर नहीं दौड़ती; हैलमेट पहने हुए पुलिस का सिपाही या मिलिटरी का जवान अब किसी किशोर को खदेड़ता हुआ नहीं ले जाता। पुलिस-वैन के पीछे रस्सी से बँधा अर्द्धजीवित शरीर सड़क की पटरी से घिसटता हुआ, खिंचता हुआ दिखाई नहीं देता!

अब सड़क पर फैला हुआ खून, माताओं के विलाप के स्वर, सब गायब हो गए हैं। दीवार पर लिखे वाक्य और नारे भी पोत दिए गए हैं—दब गए हैं नई लिखाई के नीचे वे—'बहुत-बहुत दिनों तक जिएँ कामरेड मजुमदार', 'विप्लवियो, तुम्हें नहीं भूलेंगे', 'महल्ले के निर्दोष किशोरों के हत्यारों के लिए कोई माफी नहीं...।' यह सब लिखाई विजयी की अभ्यर्थना के तले दबकर रह गई है!

आजकल मरते-मरते भी कोई किशोर-कंठ चिल्लाकर नारे नहीं लगाता। ढाई साल की विशृंखलता, जिससे यहाँ का व्यवस्थित जीवन उलट-पुलट गया था, उसका नामोनिशान भी नहीं मिलता कहीं पर।

सुखी, शांति-प्रिय परिवार फिर लौट आए हैं। आजकल सिर्फ दिखाई देती है चावल की बेरोक-टोक चोर-बाजारी, दिन-रात सिनेमा के विज्ञापन, और नर-रूपी देवता के मन्दिरों के सामने मुक्तिकामी जनता की पगलाई भीड़!

कल के हत्यारे आज चोला बदलकर, नए चेहरे लगा, निडर होकर घूमते-फिरते हैं। एक अध्याय की समाप्ति हो गई। विराम। अब एक महा-उपन्यास का नया अध्याय शुरू हो रहा है।

अब तो सिर्फ सँकरी सड़कों के मोड़ों पर, शरीर के अंगों पर खुले घावों की तरह, जगह-जगह पर उभरे स्मृति-स्तंभ दिखलाई देते हैं। लेकिन इन स्मृति-स्तंभों में समु, विजित, पार्थ, लालटू आदि लोगों के नाम नहीं हैं। व्रती का तो है ही नहीं।

---

1. मरे हुओं को ढोकर ले जानेवाली गाड़ी।

उसका नाम, उन लोगों के नाम सिर्फ कुछ लोगों के दिलों में ही जिंदा हैं। वह भी शायद ही!

समु के घर बैठी थी सुजाता। लॉकर से गहने निकाल लाई थी। सब उसके पर्स में पड़े थे। नीपा, बिनी, तुली और व्रती की बहू के लिए किसी समय इन गहनों को चार हिस्सों में बाँटा गया था। नीपा और बिनी को जो देना था, दे दिया। तुली कहती है—व्रती का हिस्सा अब उसे ही मिलना चाहिए। नातिन और पोते की बहू के लिए थोड़ा-बहुत रखकर शायद उसी को दे देगी। उसने खुद गले में चैन, कानों में छोटे टॉप्स और पतले कड़ों के अलावा और कभी कुछ नहीं पहना है। व्रती के होने के बाद रंगीन साड़ी भी नहीं पहनी।

इस समय उसका चेहरा थका, उखड़ा-सा लग रहा है। समु की माँ सामने बैठी चुपचाप आँसू बहा रही थी। दुबला, काला चेहरा—आँसुओं में डूबा हुआ। पिछले एक साल में उनका चेहरा और भी झटक गया है। मोटे कपड़े की बिना किनारी की धोती पहने है।

इन लोगों का घर बड़ा टूटा-फूटा है। खपरैल की छत पर काई जमी है। चारों तरफ की दीवारें टूटी हुई हैं। कहीं-कहीं कागज-गत्ता चिपकाया हुआ है। लेकिन फिर भी पिछले दो सालों से सुजाता को यहीं पर आकर शांति मिलती है। उसे लगता है कि वह किसी अपनी जगह पर आ गई है।

पहली बार उसे देख समु की बड़ी बहन रो पड़ी थी। इस बार उसे देखते ही उसने भौंहें सिकोड़ लीं। समु के मरने के बाद ही उसके पिताजी गुजर गए थे। तब से उसकी दीदी ही सुबह से शाम तक ट्यूशन करके घर का गुजारा चला रही है। जैसे चिता की आग में शरीर की चिकनाई जलकर खाक हो जाती है, वैसे ही गृहस्थी की आग में जलकर समु की दीदी झुलस गई थी। उसके सारे चेहरे पर हर वक्त रूखापन और गुस्सा फैला रहता है। समु उसको मारकर छोड़ गया है! वह इस परिवार का अकेला लड़का था। वह अच्छे कॉलेज में पढ़ेगा, इसीलिए

समु के पिताजी ने उसकी बहन को पढ़ने नहीं दिया। उसने ट्यूशन करके अपनी पढ़ाई का खरचा चलाया था।

समु की दीदी ने सुजाता को घूरकर देखा और बाहर चली गई। सुजाता समझ गई कि अब यह ही परिवार की मुखिया है, और यह नहीं चाहती कि सुजाता उसके भाई की यादों के जख्म कुरेदने के लिए हर साल यहाँ आए। सुजाता बहुत असहाय-सा महसूस करने लगी। उसने समु की दीदी की ओर बेबसी से देखा। उसने कहना चाहा : मेरे लिए आने-जाने का यह दरवाजा बंद मत करो—लेकिन कुछ कह नहीं पाई। समु की दीदी चली गई।

समु की माँ रो रही थी और सुजाता चुपचाप बैठी थी।

'ई लोग कहत है, रोवो जिनि माई, ऊ ना लौटब। कहत है, तू त ऊ लोगन से अच्छी, पारथ की माई का एक बिटवा न रहा अऊर दूसर भी घर छोड़ गवा। मउसी के रहत रहा अब। जाने कऊन ठिकाना ऊ का!'

'अभी तक नहीं लौटा?'

'नहिना बहनी, कहत है ऊ लोग अब कबहू न लौटब, बस जिंदाई रहबौ इत्ताई। भाग फूटे हमार!'

समु की माँ रोने लगी।

पहली बार यहाँ आते समय सुजाता काफी हिचकिचा रही थी। समु की माँ तभी-तभी विधवा हुई थी। मुहल्ले में आकर समु का नाम लेते ही लोगों ने उसकी ओर हैरानी से देखा था। पहले कोई बताना ही न चाहता था; आखिरकार एक ने कहा था : 'ऊ रहा घर।'

सुजाता की कीमती साड़ी, अभिजात चेहरा, खिचड़ी बालों से घिरे प्रौढ़ चेहरे पर छाई कुलीनता—यह सबकुछ देखकर समु की माँ अचकचा के आँखें फैलाकर देखती रही थी।

'मैं व्रती की माँ हूँ।'

इतना सुनते ही 'समु रे' कहकर वह फूट-फूटकर रोने लगी।

सुजाता से लिपटकर कहने लगी : 'ऊ तुम्हार बिटवा रहा दिदिया, जानै-बूझके जान गँवाय दिहिस। ऊ समु को खबरदार करे आय रहा, त इनका मालूम होई गवा कि अब चार जनि मोहल्ला मा आय गयन, अब जाने रात कटबौ कि न। बरती आय के पूलिस, समु कहाँ ह मउसी, ऊ को कुछ कहि के हम चले जाब। हम कहा, बिटवा इतनी रात मा जा सकबो? हियईं रहो जिनि। भिनसारे चले जाब। मगर दिदिया, रात कहाँ कटल बा। हियाँ हमार इ छोटके कमरा मा सुम्मु, पारथ, बरती—सब जनि सोये रहल।'

'किस कमरे में?'

'इसी कमरा मा। कमरा क्या दिदिया, लड़की-बहनों का लेके बरामदे मा सोये गयी रहिन। बरामदे मा बाड़ लगी है न! इस कमरा मा ऊ लोगन। और हम खिड़की मा बइठे रहे कि कौन आया देखबौ।'

'यहाँ रात बिताई थी व्रती ने?'

'हाँ, दिदिया! हमार ऊ गरीब दुकानदार रहे। रुपया-पैसा नहीं कछु भी। बस तख्ती, पिनसिल, कापी की इककौ दुकान रहिस। ई कमरा वह भी बड़ी मुस्किल से बनाय रहा। हाँ, तो लड़कन कमरा मा रहे। समु के बापू जागे रहे कि लड़कन को उठाय देब। ऊ कोना मा लेटके कइसे हँसत-बतियात रहे। दिदिया, बरती की हँसी हमार आँखन के आगे अब भी दिखत है। सोना राजा बिटवा रहा तुम्हार।'

'व्रती यहाँ आता था?'

'कतनी-कतनी बार। आय रहा, कहत रहा, 'मउसी पानी, मउसी चाह,' बुला-बुलाकर माँगत रहा।'

व्रती यहाँ आता था, यहाँ आकर चाय पीता था, गप्पें हाँकता था, समय बिताता था!

समु की माँ को, उसके कमरे को, दीवार पर टँगे कैलेंडर से कटी तसवीर को, टूटे हैंडल के प्याले को—सब चीजों को नई नजरों से देख रही थी सुजाता।

व्रती, जिसके खून में उसका खून मिला हुआ था, जिसको दुनिया में लाने के लिए उसे अपने जीवन को संकट में डालना पड़ा था, जो धीरे-धीरे उसके लिए अजनबी, अनजाना बनता जा रहा था, उस व्रती के साथ सुजाता का जैसे नया परिचय हो रहा हो।

सपने में तो वह कितनी बार व्रती को देखती है—नीली कमीज पहने हुए, बाल सँवारता हुआ उसकी तरफ टकटकी लगाकर देख रहा है, बड़े ध्यान से। कितनी रातों में जब नींद नहीं आती और रात के आखिरी पहर में नींद पलकों को भारी कर देती है, तब व्रती सीढ़ियों के नीचे से उसे ताकता रहता है। सुजाता कहती है : 'व्रती, तू कहीं मत जा।' वह ताकता रहता है। सुजाता कहती है : 'आ व्रती, ऊपर आ जा।' व्रती टुकुर-टुकुर ताकता रहता है, बोलता नहीं है, और न ही हँसता है।

लेकिन यहाँ व्रती बोलता था, हँसता था, कहता था, 'मौसी, चाय बनाओ, पानी दो पहले।'

समु की माँ ने कहा था : 'हम कहत रहे, तुम काहे अइसन अपन सबकुछ लुटा रहे बिटवा, का नहीं है तुम्हार पास! इत्ते बड़े बाप, इत्ती पढ़ी अम्मा। ऊ चुपचाप हँसत रहा, बोलत नहीं रहा कछू, बस हँसत रहा। ऊ की हँसी हमार आँखन के आगे टँगी है, दिदिया!'

तभी सुजाता को धक्का पहुँचा था। व्रती की हँसी, वह निश्छल-सी हँसी! उसने सोचा था, सब स्मृतियाँ सिर्फ उसकी हैं, उस अकेली की। व्रती समु की माँ के दिल में भी स्मृतियों का अम्बार छोड़ गया है—यह उसे पता नहीं था।

व्रती उस दिन घर पर ही था। सारा दिन जाने क्या-क्या लिखता रहा था तिमंजिले पर बैठकर। बाद में सुजाता ने देखे थे दीवारों पर लिखे जानेवाले नारों के मजमून। वे सब कागजात घर की तलाशी लेते वक्त ले गए थे। अब कुछ नहीं बचा है।

अब घर में हैं—व्रती की स्कूल-कॉलेज की कापियाँ-किताबें,

इनाम में मिली किताबें, मैडल, दार्जिलिंग में दोस्तों के साथ खींची गई तसवीरें, दौड़ने के कपड़े के जूते, जीते हुए कप। व्रती के जीवन के कुछ सालों की यादगार। सब याद है सुजाता को : 'माँ, मुझे इनाम मिलेगा, तुम नहीं चलोगी मेरे साथ?' मुहल्ले के बाल-संघ में जाकर व्रती का सदस्य बनाना। 15 अगस्त को शान से लड़कों के साथ बैंड की आवाज के साथ मार्च करते-करते आगे जाना। फुटबाल के मैच में इनाम जीतकर भी पैर तोड़कर आना—सब याद है।

जिस समय से वह बदलना शुरू हुआ था, उस साल की किताबें, इश्तहार, क्रांति का आह्वान लिखे कागज, पत्रिकाएँ—कुछ भी अब घर में नहीं हैं। सब झाड़-पोंछकर ले जाए गए हैं। सुजाता ने सुना है कि उन सबको जला दिया गया है।

उस दिन सारे दिन घर पर ही था व्रती। बैंक से लौटकर उसे घर पर देख सुजाता हैरान हो गई थी। बाद में पता चला था, सारा दिन वह एक टेलीफोन का इंतजार करता रहा था। उसे यही पता था कि समु और दूसरे लोग लौट जाएँगे; उनको और कहीं जाने के लिए मना कर दिया गया है। लेकिन जिसको मना करने के लिए भेजा है वह धोखा देगा, समु को मना करने के बदले मुहल्ले में खबर कर देगा, यह उसे पता नहीं था। फोन आया था तो समझा था कि सर्वनाश हो गया!

ऐसे ही मरे थे वे लोग। बहुत लोगों पर विश्वास करना ही काल सिद्ध हुआ। जिन पर विश्वास किया था उन युवकों के लिए नौकरी, सुरक्षा, सुखी जीवन का लोभ बड़ा होगा—यह व्रती जैसे तरुणों की समझ में नहीं आया था। वे यह भी नहीं समझे थे कि पहले से ही उनकी योजनाओं को नष्ट-भ्रष्ट करने के लिए कुछ लोग दल में घुस आए थे। व्रती की उमर कम थी। एक विश्वास, एक आस्था ने उन लोगों को अंधा कर दिया था—उनकी समझ में यह नहीं आया था कि जिस व्यवस्था से उनकी लड़ाई है, वह व्यवस्था जन्मने से पहले ही कुछ को भ्रूणावस्था में ही जहरीला बना देती है। सब तरुणों को ही आदर्श की दीक्षा नहीं मिलती; सभी ऐसे नहीं हैं जो मौत से नहीं डरते—ये सब बातें

व्रती जैसे लोग नहीं जानते थे। इसीलिए व्रती ने सोचा था कि खबर भेज दी गई है, समु और बाकी साथी सचेत हो जाएँगे। टेलीफोन से खबर आएगी कि सब ठीक है।

जब पूरा दिन बीत गया, शाम हो गई—जाड़ों की शाम कलकत्ता में जरा पहले ही उतर जाती है—तब शायद व्रती ने सोचा था, खबर आनी होती तो आ जाती अब तक। दोपहर तक जब फोन नहीं आया तो उसे बेचैनी हुई। दोपहर ढल गई; शाम हुई; सुजाता लौट आई।

'क्यों रे, आज बाहर नहीं गया?'

'नहीं।'

'क्यों?'

'क्यों क्या, ऐसे ही। चलो न, चाय पी जाए।'

एक साथ चाय पी दोनों ने। व्रती बैठा था, दरवाजे की तरफ उसकी पीठ थी। एक पुराना शाल ओढ़े था। नीला-सा रंग और पूरे शाल में छेद-ही-छेद! जाड़ों में वही शाल लपेटे रहता था व्रती, घर में। सुजाता कहती थी : 'अब इसे उतार फेंक न, दूसरा शाल ले ले।'

व्रती कहता था : 'हेम कहती है, बड़ी गुनगुनी गर्मी लगती है इससे।'

वही शाल ओढ़े, बगैर सँवारे बाल, व्रती के पीछे का खुला हुआ दरवाजा। खुले दरवाजे से आँगन के पार वाली दीवार दीखती है। दीवार के नीचे नल और माँजने के लिए पड़े बर्तन।

चाय पीते वक्त बहुत दिन बाद व्रती बिनी के साथ चुहल कर रहा था। व्रती कुछ दिन पहले दोस्तों के साथ दीघा गया था। बाद में सुजाता को पता चला, वह दीघा नहीं गया था। यह पता भी चला कि खड्गपुर के स्टेशन पर ही पुलिस की भीड़ जमा थी। दीघा के रास्ते पर बस रोककर हैलमेट पहने पुलिस बस पर चढ़ रही थी; टॉर्च से मुसाफिरों के चेहरे देख रही थी। किसी-किसी गाँव के सामने से बस धीरे-धीरे गुजरने को मजबूर हो जाती है। रास्ते के दोनों तरफ गहरा अँधेरा। अँधेरे में संगीनें उठाए सिपाही खड़े थे। व्रती दीघा नहीं गया था।

सुजाता तब तक यह नहीं जानती थी, बिनी भी नहीं। बिनी उससे दीघा के बारे में बातें पूछ रही थी।

व्रती ने कहा, 'दीघा बेकार की जगह है, न कुछ खाने को मिलता है, न रहने का कोई बंदोबस्त है!'

बिनी ने कहा, 'चलो भी! मेरी मौसेरी बहन गई थी, उसने तो ऐसा कुछ भी नहीं कहा!'

'तुम्हारी ही बहन है न?'

'अच्छा, और तुम्हारी कुछ नहीं। तुम्हारे दिली दोस्त दीपक के साथ वह टेनिस खेलती है, यह तुम्हें पता है? दीपक के साथ गप्पें मारने रोज ही तो जाते हो वहाँ!'

'इसका मतलब यह थोड़े ही है कि मैं तुम्हारी बहन को जानता-पहचानता हूँ।'

सुजाता ने कहा, 'पहचानता नहीं तो क्या? देखा तो होगा!'

'क्यों, देखूँगा क्यों?'

'बहुत सुंदर है वह।'

'तुमसे भी ज्यादा?'

बिनी ने झट से कहा, 'माँ, व्रती तुम्हारी चापलूसी कर रहा है। इसे जरूर कोई काम निकालना होगा।'

'क्या कहती है, बिनी? अब उसे क्या जरूरत है? न तो सिनेमा के लिए रुपए चाहिए होते हैं, न जेब-खरच। माँ को खुश करने की इसे जरूरत ही कहाँ रही है! माँ की भी कोई जरूरत नहीं रही।'

'यह क्या कहा, माँ?'

बिनी ने कहा, 'तुम भी खूब बुद्धू हो, माँ! मैं तुम्हारी जगह होती तो इसके नेशनल स्कॉलरशिप के पैसे हथिया लेती।'

'इतना आसान नहीं है भाभी, भैया से पूछो न!'

'क्यों, भैया से पूछने की क्या बात है?'

'भैया हमेशा के बुद्धू थे; जेब-खरच के सारे पैसे खर्च कर डालते थे। फिर मैं, जनेऊ के समय मिले रुपयों से उनको उधार देता था, लेकिन एक रुपए पर एक रुपया सूद लेता था!'

सुजाता को लगा था, व्रती बात को टाल रहा है। उन्होंने फिर पूछा था : 'माँ की जरूरत पड़ती है तुझे कभी? कभी पूछता है मुझे कि कैसी हूँ? दिन नहीं, रात नहीं—जब देखो तब बाहर निकल जाता है। कहता है, काम है।'

'काम जो होता है।'

'बाप रे बाप, अभी से इतना काम! जब अपने भैया की तरह कोई सीरियस काम करोगे तब क्या होगा?'

व्रती ने कहा था, 'मैं सीरियस काम नहीं करता, यह तुम्हें किसने कहा?'

'सीरियस काम है दोस्तों के साथ गप्पें मारना?'

'गप्पें मारना सीरियस काम नहीं है?'

'मुझे पता है भैया, सब पता है।'

'क्या पता है?'

'नंदिनी के साथ गप्पें मारना सबसे सीरियस काम है!'

'नंदिनी के साथ गप्पें मारता हूँ, यह तुम्हें किसने बतलाया?'

'इसमें बतलाने की क्या बात है? मैं नंदिनी का फोन नहीं उठाती कभी-कभार?'

व्रती चुपचाप हँसता रहा था। ऐसे ही बिना आवाज के हँसता था वह। उसकी सिर्फ आँखें हँसती रहती थीं और चेहरे पर चमक आ जाती थी। ऐसे ही हँसकर जवाब देने की जिम्मेदारी को वह हमेशा टाल देता था।

'चलो माँ, ऊपर चलकर लूडो खेलते हैं।'

बिनी ने फिर कहा था : 'माँ, आज जरूर कोई मतलब गाँठना है इसे।'

'तुम भी चलो न!'

'न बाबा, तुली के साथ कहीं जाना है। नहीं तो उसका मिजाज बिगड़ जाएगा।'

'मन नहीं होता तो जाती क्यों हो?' व्रती ने धीमे से कहा था।

सुजाता और व्रती ऊपर लूडो खेल रहे थे। खेलते-खेलते सुजाता ने पूछा था : 'व्रती, नंदिनी कौन है रे?'

'एक लड़की।'

'मुझसे एक दिन मिलाएगा?'

'चाहोगी तो मिलाऊँगा।'

'चाह तो रही हूँ।'

'देखोगी तो नाराज हो जाओगी।'

'क्यों?'

'बहुत साधारण है देखने में।'

'तो क्या हुआ?'

'बॉस को पसंद नहीं आएगी!'

बाप को व्रती पीठ-पीछे बॉस कहता था। होश आने के बाद अपने पिताजी के मुँह से—'मैं इस घर का बॉस हूँ, मैं जो कहूँ वही होगा'—यह वाक्य व्रती ने लाखों बार सुना था।

'न आए।'

'माँ, तुम्हें मालूम है, बॉस रोज पाँच बजे के बाद कहाँ जाते हैं?'

अचानक सुजाता को लगा कि व्रती दिव्यनाथ के साथ टाइपिस्ट लड़की के हेलमेल की बात जानता है।

'अचानक यह क्यों पूछ रहा है, व्रती?'

'ऐसे ही। तुम जानती हो?'

'रहने दे यह सब बातें, व्रती।'

व्रती थोड़ी देर ध्यान से देखता रहा था, फिर उसने कहा था : 'माँ, मुझको लेकर तुम्हारे में बड़ा दुख है न?'

'कैसा दुख रे?'

'बताओ न?'

'कोई दुख नहीं है, व्रती।'

'बीच-बीच में मुझे लगता है, शायद है। भैया, दीदी, छोटी

दीदी—इनसे तुम्हें कोई परेशानी नहीं है?'

सुजाता चुप रही थी। मन रखने के लिए उससे कभी झूठ नहीं बोला गया।

'क्यों, कुछ बोल नहीं रही हो?'

'दुख होना किसे कहते हैं?'

'दुखी होओ तो उसे दुख होना कहते हैं।'

'सब लोग क्या मेरे मन-माफिक हो सकते हैं? सभी लोग अपनी-अपनी तरह ही हुए हैं। वे सुखी रहें, इसी में मेरा सुख है।'

'वे लोग क्या सचमुच सुखी हैं?'

'कहते तो हैं।'

'आश्चर्य है।'

'कैसा आश्चर्य?'

'माँ, तुम इतना सब सहन कैसे करती हो?'

'सहने के अलावा चारा ही क्या है? बच्चों के बारे में मुझे हमेशा सहनशील बनाकर रखा गया था। तेरे पिताजी और तेरी दादीजी...।'

पहले तीनों बच्चों पर सुजाता को कोई हक नहीं जतलाने दिया गया था। दिव्यनाथ ने सारे अधिकार अपनी माँ को दे रखे थे। पत्नी को छोटा न करके भी माँ को सम्मान दिया जा सकता है, यह दिव्यनाथ को नहीं मालूम था। माँ को सिर पर और पत्नी को पैरों के नीचे रखना—यही उनकी नीति, उनके यहाँ का रिवाज था।

सुजाता का आत्म-सम्मान और मान भी कम नहीं था। शादी के बाद ही उसे अहसास हो गया था कि अपने को जितना दबा-छुपाके रखा जाएगा, औरों को उतना ही सुख मिलेगा। 'औरों' में आते थे दिव्यनाथ और उनकी माँ। ज्योति, नीपा, तुली; तीनों ने ही माँ को—अपनी माँ को बहुत ही गौण भूमिका निभाते देखा था। उसकी उपेक्षा करके ही वे बड़े हुए हैं। इसीलिए धीरे-धीरे वे भी अब 'औरों' के गुट में चले गए हैं।

सुजाता के मन की गहराई में पैठी इस व्यथा की जानकारी दिव्यनाथ को नहीं थी। पत्नी से जरूरत से ज्यादा आसक्ति या अनासक्ति—दोनों में से कोई भी उसमें नहीं थी। पत्नी पति को प्यार करती है, उसकी श्रद्धा करती है, उसे मान देती है—यह स्वाभाविक नियम है। लेकिन पति को पत्नी से यह सब पाने के लिए कोई कोशिश नहीं करनी पड़ती। दिव्यनाथ सोचते थे कि मकान बनवाया, नौकर-चाकर रख दिए, तो सब फर्ज अदा हो गए। घर से बाहर लड़कियों से मौज-मजे उड़ाने की बात को कभी छुपाने की भी कोशिश नहीं की उन्होंने। उनकी धारणा थी कि यह सब उनका अधिकार है।

लेकिन इसका मतलब यह नहीं कि वह समझदार नहीं थे। फर्म की हालत सुधरते ही उन्होंने सुजाता को नौकरी छोड़ देने के लिए कहा था।

सुजाता ने नौकरी नहीं छोड़ी—यह उसका दूसरा विद्रोह था।

दिव्यनाथ जानते थे कि बच्चों को उनके विवाहेतर संबंधों के बारे में पता है। लेकिन उनको इसमें कोई शर्म नहीं महसूस होती थी, क्योंकि उनके पहले तीनों बच्चे उनको स्वीकार करते और उनके सब आचरणों को पुरुषोचित मानते थे।

उन्होंने ज्योति से कहा था : 'तुम्हारी माँ, ए बिट पज़लिंग [1]; नौकरी क्यों नहीं छोड़ रही? वह तो इचिंग फ़ॉर इंडिपेंडेंस टाइप की वुमेन [2] नहीं है। फैशन-परस्त, नौकरी-पेशा, औरतों की तरह भी नहीं है, तो फिर नौकरी क्यों करते रहना चाहती है? आश्चर्य है!'

'तुमने माँ को कहा है?' ज्योति ने पूछा था।

'हाँ कहा, अब और काम की जरूरत नहीं है। अब घर-गृहस्थी देखो। माँ भी गुजर गईं। तो कहने लगी, 'जब बच्चे छोटे-छोटे थे, घर-गृहस्थी को देखने की सचमुच जरूरत थी, तब भी मेरी कोई जरूरत नहीं थी; मुझे कोई जिम्मेदारी नहीं सौंपी गई थी। अब बच्चे बड़े हो गए हैं, घर नियम से चल रहा है, अब तो

---

1. कुछ समझ में नहीं आती। 2. आजादी के लिए आतुर स्त्री।

मेरी जरूरत और भी कम हो गई है'।'

सुजाता को दिव्यनाथ कभी नहीं समझ पाए थे। उग्र स्वभाव की स्वतंत्रता-प्रिय महिला वह थी नहीं, इसके अलावा ऐसी फैशनेबल औरतों में भी उसे शामिल नहीं किया जा सकता था जो कार में बैठ सारा कलकत्ता छान मारा करती हैं!

सुजाता शांत स्वभाव की, कम बोलनेवाली, पुराने फैशन का पहनावा पहननेवाली है। घर की कार पर कहीं नहीं जाती। ट्राम से बैंक जाती है और घर बापस आती है। घर से बाहर ज्यादा नहीं जाती। रिश्तेदार, मित्र, पड़ोसियों में ज्यादा उठती-बैठती नहीं। घर लौटकर किताब पढ़ती है, फिर गमलों में पानी डालती है, छोटा लड़का घर पर हो तो उससे थोड़ी-बहुत बातचीत करती है।

नौकरी न छोड़ना सुजाता का दूसरा विद्रोह है। पहला विद्रोह उसने तब किया था जब व्रती दो साल का था। दिव्यनाथ उन्हें पाँचवीं बार माँ बनने को किसी भी तरह राज़ी न कर पाए थे।

दिव्यनाथ बेहद नाराज हुए थे। उन्होंने कहा था : 'शादी करने के बाद पति-पत्नी दोनों का एक-दूसरे के प्रति एक कर्तव्य होता है। तुम्हें एतराज क्या है?'

'नहीं।' सुजाता राजी नहीं हुई थी।

'तुम मुझे डिनाई कर रही हो[1]।'

'तुम अपने फुलफ़िलमेंट[2] के लिए सिर्फ मुझ पर ही तो कभी निर्भर नहीं रहे!'

'कहना क्या चाहती हो?'

'जो कहना चाहती हूँ, वह मैं भी जानती हूँ और तुम भी जानते हो।'

पहले भी, जब सुजाता लगातार माँ बनती रही थी, तब भी

1. नकार रही हो। 2. संतोष-सुख के लिए।

दिव्यनाथ दूसरी स्त्रियों से साहचर्य करते रहते थे। अब इसे और भी बढ़ा दिया। लेकिन अगर इसको उन्होंने सुजाता को फाँसने के लिए जाल बनाना चाहा तो सुजाता सावधानी से बचकर निकल गई।

व्रती के मरने से एक दिन पहले उसके साथ बातें करते-करते सुजाता ने यह सबकुछ नहीं कहा। अब लगता है—वह जानता था, सबकुछ जानता था, समझता था, इसलिए शायद हर समय माँ पर नजर रखता था।

सुजाता की तबीयत खराब होती तो दस साल का व्रती खेल छोड़कर घर आ जाता था। कहता था : 'माँ, पंखे से हवा करूँ?'

दिव्यनाथ कहते थे : 'मिल्क सॉप![1] लड़कियों जैसा लड़का, नो मैन्‌लिनैस[2]।'

व्रती यह प्रमाणित कर गया कि वह किस मसाले का बना था। कितनी शक्ति, कितना साहस था उसमें!

उस दिन व्रती उसकी तरफ टकटकी लगाए बहुत देर तक देखता रहा था, फिर उसने कहा था : 'खेल रहने दो, चलो न, आज बातें करते हैं।'

'ठहर, क्या खाना बनेगा—बताकर आती हूँ।'

'छोटी दीदी नहीं हैं घर में?'

'नहीं, वह टोनी की प्रदर्शनी में लगी है, बस सिर्फ एक बार बिनी को लेने आएगी।'

'अच्छा, यह बात है!'

'कल क्या खाएगा, बोल?'

'कल क्या खास बात है?'

'कल तेरा जन्मदिन है न?'

'बाप रे, यह जन्मदिन वगैरह तुम्हें भी याद रहता है?'

---

1. दुधमुँहा बच्चा! 2. पौरुष-हीन।

'नहीं रहता?'

'मुझे तो नहीं रहता।'

'मैं कभी भूल सकती हूँ?'

'कल तुम जरूर खीर बनाओगी।'

'हाँ, आजकल तो सिर्फ खीर ही बना पाती हूँ।'

'ठहरो, सोचता हूँ, और क्या खाना चाहिए।'

'मांस खाने को न कहना।'

'क्यों, 'बॉस', घर पर खा रहे हैं?'

'हाँ!'

'तो फिर बनाओ जो मरजी।'

सुजाता नीचे जा रही थी। इतने में फोन की घंटी बजी। व्रती फोन उठा रहा है, देखकर वह नीचे चली गई।

वह ऊपर आई, देखा—व्रती पैंट और नीली कमीज पहनकर बाल बना रहा है।

'क्या हुआ?'

'जरा बाहर जाना है, कुछेक रुपए दो तो?'

'कहाँ जा रहा है?'

'काम है थोड़ा। रुपए दे दो।'

'यह ले। लौटेगा कब?'

'लौटूँगा, लौटूँगा, ठहरो तो।'

पैंट की जेब में हाथ डालकर व्रती ने देख लिया, क्या-क्या है। एक चिट को टुकड़े-टुकड़े कर फाड़ दिया।

'किस तरफ जा रहा है?'

बिना किसी खास आशंका से सुजाता ने यह प्रश्न पूछा था, क्योंकि उस समय कलकत्ता में एक विशेष स्थिति चल रही थी। बूढ़े, प्रौढ़, चालीस के पार लोग कहीं भी जा सकते थे, लेकिन तरुण किशोरों के लिए कलकत्ता की बहुत-सी जगहें निषिद्ध और खतरनाक सिद्ध होने लगी थीं।

उस समय, उन ढाई सालों में क्या-क्या घटित हुआ करता था

या नहीं हुआ करता था, पुराने अखबारों को उलटते-पलटते समय जानकर सुजाता हैरान रह जाती है।

उस समय उसको हर समय यह महसूस होता था, सबकुछ जैसा उलटा-सीधा हो रहा है। व्रती के जिंदा रहते सुजाता को यह मालूम तक न था कि व्रती भी कठोरतम सजा से दंडनीय अपराधियों के दल में शामिल है। तब भी रोज अखबार में हरेक ऐसी अजीब घटना को पढ़कर काँप जाती थी सुजाता।

उन दिनों उनके घर में कोई अखबार पलटकर ही न देखता था। सब कहते थे : 'क्या करना है देखकर! अखबार खोलते ही यह पढ़ना होगा कि कितने लोग कहाँ मरे हैं, और उनकी मौत का वीभत्स वृत्तांत।' यह सब देखकर ही सबको बुरा लगता था—इसलिए सुजाता और व्रती के सिवाय कोई अखबार खोलता भी नहीं था।

सुजाता अखबार देखती थी; बैंक जाती थी। लेकिन पता नहीं क्यों उसे लगता है : कलकत्ता इज़ ए रौंग सिटी।[1] लगता था—वही मैदान, विक्टोरिया मेमोरियल, मेट्रो, गाँधीजी की मूर्ति, मॉनुमेंट्स—सभी कुछ हैं, लेकिन फिर भी कलकत्ता नहीं है। इस कलकत्ता को वह नहीं जानती है, न पहचानती है।

बहुत दिन बाद पुराने अखबारों को ढूँढ़-ढाँढ़कर पढ़ा था कि जिस दिन सुबह उनके टेलीफोन की घंटी बजी थी, उस दिन भी बाजार में सोने का भाव चढ़ा था; बैंकों के जरिए कई करोड़ रुपयों का लेन-देन हुआ था, प्रधानमंत्री की शुभेच्छाओं को लेकर हिंदुस्तान के एक हाथी का बच्चा दमदम से टोकियो उड़ गया था, कलकत्ता में विदेशी फिल्मों का उत्सव हो रहा था; सचेत शहर कलकत्ता के सचेत और संघर्षरत कलाकार और बुद्धिजीवियों ने वियतनाम में होनेवाली बर्बरता के विरोध में रेड रोड पर अमेरिकन कॉन्सुलेट और सुरेंद्र बैनर्जी रोड पर प्रदर्शन का जुलूस निकाला था।

सबकुछ घट रहा था कलकत्ता के तापमान यंत्र में—जो-जो

---

1. कलकत्ता बड़ा गड़बड़ शहर है।

स्वाभाविक व प्राकृतिक है—वह सबकुछ, जिसके लिए कलकत्ता विवेकशील शहरों में अन्यतम माना जाता है!

इन सबसे यही समझा जाता है कि कलकत्ता उस दिन भी स्वाभाविक था। सिर्फ व्रती भवानीपुर से दक्षिण जादवपुर नहीं जा पा रहा था; बारासत के आठ लड़के पहले गले में डाले गए फंदों से घुटकर बेहोश हुए और फिर गोलियों के लगने से लाश बने बगैर कहीं आ-जा नहीं पा रहे थे। पूर्वी कलकत्ता में, बचपन से मुहल्ले में साथ खेलनेवाले एक लड़के की खून से लथपथ लाश को रिक्शे में डालकर दूसरे लड़के तासा, नगाड़ा बजाकर नाचते हुए पूजा की प्रतिमा-विसर्जन के जुलूस के साथ-साथ जा रहे थे!

नैतिकता और सद्‌विवेक में अग्रणी संघर्षरत नागरिकों के लिए यह सबकुछ भी अस्वाभाविक नहीं था!

कलकत्ता के लेखक, कलाकार, बुद्धिजीवियों ने इस दिन के ठीक एक साल तीन महीने के अंतराल के बाद बंगलादेश की सहायता और समर्थन के लिए पूरे पश्चिम बंगाल में उथल-पुथल मचा दी थी। अवश्य ही वे लोग सही-सही सोच रहे थे, और सुजाता जैसी माताएँ गलत ढंग से सोच रही थीं! पश्चिम बंगाल के तरुण एक मुहल्ले से दूसरे मुहल्ले में नहीं जा सकते—इस स्थिति पर जब उनका विवेक उन्हें जरा भी कष्ट नहीं पहुँचाता, तब अवश्य ही वे ही ठीक होंगे!

पश्चिम बंगाल के तरुण किशोरों का जीवन संकट में है, यह कोई ऐसी गंभीर घटना नहीं है। अगर होती तो क्या जुलूसों के शहर इस कलकत्ता में संघर्ष के समर्थक कलाकार, साहित्यिक और बुद्धिजीवी लोग इस सबकुछ को लिखने के लिए अपनी कलम नहीं उठाते?

समु की देह पर तेईस घाव थे और विजित के शरीर पर सोलह। लालटू की नाभि और आँतों को खींच-निकालकर लालटू के शरीर पर लपेट दिया गया था! इसमें जरूर ही कोई पाशविकता, कोई पैशाचिकता नहीं थी न?

अगर होती तब तो कलकत्ता के कवि और लेखक उस पार

के बंगाल में होनेवाली पाशविकता के साथ-साथ इस बंगाल में होनेवाली पाशविकता का वर्णन भी करते, कुछ कहते। और जब उन लोगों ने नहीं कहा, जब कलकत्ता में होनेवाली रोजमर्रा की इस खून की होली को अनदेखा कर कवियों और लेखकों ने सिर्फ दूसरे बंगाल के मृत्यु-युद्ध की बातें ही लिखीं तब उन्हीं लोगों का दृष्टिकोण ठीक रहा होगा, है न? सुजाता का नजरिया अवश्य ही गलत है, अवश्य ही।

कवि, लेखक, बुद्धिजीवी, कलाकार—ये लोग तो समाज के विशिष्ट सम्मानित सदस्य हैं, समाज के स्वीकृति-प्राप्त प्रवक्ता, देश के अंतःकरण की आवाज!

सुजाता कौन है? वह तो सिर्फ एक माँ है। जिन हजारों हृदयों को यह प्रश्न आज कुतर-कुतरके खा रहा है, वे लोग तो सिर्फ माँ ही हैं।

व्रती जब नीली कमीज पहने अपनी हमेशा की आदत के अनुसार दोनों हथेलियों से बालों को सँवारते हुए बाहर जा रहा था, तब सुजाता ने पूछा था : 'कहाँ जा रहा है?'

व्रती एक पल ठिठककर खड़ा हो गया था। फिर हँसकर बोला था : 'अलीपुर। अगर देर हो जाए तो समझना, रनु और उसके संगियों के घर रुक गया हूँ, चिंता मत करना।'

व्रती को तभी पता लग गया था कि भयंकर विपदा आ पड़ी है। जिसको खबर पहुँचाने को कहा गया था वह समु वगैरह को खबर नहीं पहुँचा सका। कोई खबर न पाकर समु आदि लोग पहले की योजना के अनुसार मुहल्ले में लौट गए हैं। व्रती को तब भी यह मालूम नहीं था कि जिस लड़के ने समु को खबर नहीं दी, उसी ने मुहल्ले में खबर कर दी कि समु और उसके साथी मुहल्ले में वापस आ रहे हैं। इसीलिए व्रती ने सोचा था—रातों-रात समु आदि को सावधान रहने को कहकर किसी तरह मुहल्ले से निकालकर ले आए। हालाँकि उसे उम्मीद कम ही थी, लेकिन सोचा था, शायद कामयाब हो ही जाए। फिर भी इतने सहज स्वर में उसने कहा था, 'चिंता न करना', कि

सुजाता निश्चिंत हो ही गई थी।

रनु के घर जाना बिलकुल खतरे से बाहर है।

मिली मित्रा और जीसू मित्रा के लड़के रनु मित्रा का घर बहुत सुरक्षित है। रनु और व्रती कॉलेज में एक साथ नहीं पढ़े, लेकिन स्कूल में एक साथ पढ़े थे। रनु अपने समाज में 'विद्रोही' के नाम से परिचित है। विद्यार्थी जीवन से वह पॉप-गायकों के साथ कैबरे में गाना गाता है; 'विद्रोही' रनु को समाज पर कोई आस्था नहीं है। इसीलिए वह फिरंगियों के साथ मारिजुआना पीता है—फिर भी रनु सुरक्षित है, खतरे से बाहर है। रनु के साथ रात बिताने से व्रती पर कोई विपत्ति नहीं आएगी।

सुजाता ने कहा था : 'हेम से कहना—दरवाजा बंद कर दे, कह देना जरूर।'

'कह दूँगा।'

सीढ़ियों से नीचे उतरते-उतरते व्रती अचानक ठिठक गया था। उसके ठिठकने को भाँपकर सुजाता ने नजरें उठाईं; वह भी बरामदे में निकल आई थी। उसने देखा—व्रती उसकी ओर टकटकी बाँधे, बड़े ध्यान से देख रहा है।

'माँ का मन-वन'—यह सब बकवास है! क्यों? उस समय कोई भी आशंका तो उसके मन में नहीं हुई थी। कहते हैं, माँ का मन आनेवाले संकट को पहले से ही भाँप लेता है। यही अगर सच होता तब उसी समय सुजाता का मन आशंका से भर जाना चाहिए था। लेकिन नहीं; कुछ नहीं हुआ था, कुछ भी तो नहीं।

बाद में सुजाता को पता लगा था कि डेढ़ साल हो गया, रनु के साथ व्रती की मेल-मुलाकत नहीं है, यहाँ तक कि ऐसा कोई दोस्त भी नहीं है जो दोनों का साझा मित्र हो। व्रती ने उससे गलत कहा था।

नींद में सुजाता की देह सोई रहती, लेकिन चेतना जगी रहती है—और भी तीव्र हो जाती है। स्वप्न में कितनी बार सुजाता सीढ़ियों में खड़ी रहती और व्रती नीचे; स्वप्न में सुजाता को

पता रहता है कि व्रती रनु के घर नहीं जाएगा, समु आदि लोगों को बचाने जाएगा। इसीलिए व्याकुल होकर उसे बचाने को दौड़कर जाना चाहती है; हाथ पकड़कर, खींचकर वापस लाना चाहती है व्रती को, कहना चाहती है : 'व्रती, लौट आ।'

पर कुछ बोल नहीं पाती सुजाता। सपने में उसके पैर पत्थर हो जाते हैं। व्रती उसको देखता रहता है, इंतजार करता रहता है, फिर जब व्रती के गले, पेट और छाती पर, नीली कमीज के ऊपर तीन गोल निशान उभर उठते हैं, चेहरा बदलने लगता है, सिर के पीछे से गरदन पर छुरे के निशान स्पष्ट होकर दीखने लगते हैं तब सुजाता की नींद टूट जाती है, और जैसे ही नींद टूटती है वैसे ही वही पहेली, वही विचित्र भ्रम उसे घेर लेता है कि अभी-अभी व्रती जैसे यहीं था, अभी बाहर चला गया है!

नहीं, उसके जाते समय कोई संदेह, कोई आशंका उसे नहीं हुई थी। उस रात को भी उसने दिव्यनाथ को हाजमे की दवा दी थी। सुमन रो उठा था तो उसे बाहर लाकर चुप कराया था, हेम को याद दिलाया था कि कल व्रती का जन्मदिन है, एक लिटर दूध ज्यादा लाना है, भूल न जाए, खीर बनेगी।

बहुत स्वाभाविक, रोजमर्रा की घटनाएँ!

सुजाता को क्या पता था कि रात के बारह बजते-न-बजते समु आदि युवकों के घर के सामने भीड़ इकट्ठी हो गई थी? मुहल्ले के बड़े-बड़े बुजुर्गों ने चीख-चीखकर कहा था : 'निकाल दीजिए उन लोगों को।'

पहली बार जब समु की माँ के पास जाकर खड़ी हुई थी, उसके कमरे में बैठी थी तब उसे लगा था कि यह एक सहज परिवार है; इस परिवार के लोगों की मानसिक प्रतिक्रिया भी सहज है।

सुजाता समझती है—उसकी शिक्षा के कारण विचारों को शब्दों में प्रकट करने की क्षमता उनमें है इसीलिए वह जो कुछ सोचती है, समु की माँ अपनी कम शिक्षा, साधारण विद्या-बुद्धि से विचारों को शब्दों में चाहे न प्रगट कर सके, लेकिन सोचती

वह ठीक उन्हीं की तरह है।

जो बात उसके मन में आ रही थी, वही बात कहते हुए समु की माँ जोर-से रो उठी थी : 'काहे मार दिहिस ऊ लोगन को दिदिया, लँगड़ा-लूला करके भी जिंदा छोड़ देत त का बिगड़ जात? हम जानत कि हमार समु जिंदा हय। अँखियन का सामने न रहत त जेहल मा ही रख देत तब भी हम जानत कि हमार बिटवा जिंदा त हय। हम कउन जुरम कहिस, दिदिया?'

समु की दीदी ने कहा था : 'हे माई, रोवो जिनि, ऊ तुहार छाती मा लात मारेके चला गवा, अब ना लउटब। हम लोगन का सोच कर हिम्मत धरौ।'

'हम अपन मन का समझात है, पर मन नाहीं मानत।'

'रो-रोके जिंदगी खतम करै का फायदा?'

'तू लोगन ठीक ई कहिस। हम जनम-दुखिया, अभागी, हमार दुख मा सियार-कुत्ते रोअत हैं। कब जने बापू बियाह दिया रहा! समु का बापू भी पढ़ा-लिखा ना रहा। बड़का रहा। देस मा तब भी खेत रहे धान के। हियाँ तु कछु नाहीं रहिल, दिदिया। बेइमानी का धंधा करिकै पइसा कमाबै का आदमी न रहि ऊ। हुआँ का दुख हियाँ आय गवा हमार साथ।'

सुजाता समु की माँ की एक-एक बात समझ रही थी।

'हियाँ लड़की-लड़कन सबै लिखा-पढ़ी सीखत हैं। आजकल ऊ के बिना काम न चलत, दिदिया। त समु का कउनो खरचा ना लगल बा। सालैसाल वजीफा लेत रहा। वजीफा लेत रहा तब्भी ना ऊ कालिज मा दाखिला लिहिस। जाने कउन लोगन ऊ का ऊ रास्ता मा खींच लिहिस! कउन लोगन ऊ का मरना सिखाइस! कत्ती बार हम कहा : 'समु रे, तू का करत हो बिटवा, कहाँ जावत हो बाहर?' बिटवा कहै रहा : 'माई, काहे डरत हो, हम खराब काम नाहीं करत हैं।' तब हम नाहीं समझै रहै।'

समु की दीदी ने पूछा, 'मौसी, चाय पिएँगी?'

'दो, थोड़ी-सी।'

समु की माँ ने कहा था : 'ई लड़की कालिज छोड़ दिहिस, टूसन पढ़ावत है, अउर टैप सीखत है। छुटकी का ऊ की मउसी लेय गई रहिन। तब भी अऊर दू जनी हय न, एक्को टूसन चार पेट भरै का काफी न होत, दिदिया।'

समु की बड़ी बहन चाय ले आई। ऐसे कप में सुजाता ने पहले कभी चाय नहीं पी थी।

'सब्बई हमार भाग रहा। नाहीं त बिटवा जवान होब पढ़ाई करे के बाद पइसा कमाब, माई-बाप का खिलाब, बहिनी का बियाह करब, ई ही होत हय। अब हमार बिटिया क हाथ पीला होब का कबहूँ?'

'ऐसा मत सोचिए, धीरे-धीरे सब ठीक हो जाएगा। एक दिन जरूर इसकी शादी भी हो जाएगी।'

यह सुजाता ने बड़े अपनेपन से ही कहा था। लेकिन समु की माँ के लिए यह सुनकर जल उठना स्वाभाविक था। उसको इसके लिए दोष भी नहीं दिया जा सकता था। सिर पर किसी का हाथ नहीं है, रुपया-पैसा है नहीं, मदद करनेवाला कोई है नहीं--फिर भी समु की माँ--लड़की के हाथ पीले कर सकेगी--यह कहना मरे को मारने जैसा ही है।

लेकिन समु की माँ नाराज नहीं हुई। सुजाता का हाथ पकड़कर कहने लगी : 'तुम ही बताव दिदिया, होउब न?'

फिर जाने क्या सोचकर कहा था : 'काहे आय रहे ऊ लोगन हियाँ, चारों जनी त मौहल्ला के बाहर ही रहें, फिर काहे मरने आए रहे हियाँ? काहे को तुम्हार बिटवा ऊ लोग को खबरदार करै आय रहा? आपका त एक्कौ अउर बिटवा हय पर हमार समु इकलौता रहा। बच्चा रहा, तब टाइफैड में मरनेवाला रहा। कइसे बचाइस हम ऊ का, अइसे मरै का वास्ते?'

व्रती को भी दसवीं जमात में जांडिस हो गया था! कैसा दुबला-पतला था; नाप-तोलकर बिना मसाले का खाना लेना पड़ता था। उसे जो-जो खाना मना था, सुजाता ने भी वह खाना

छोड़ दिया था—तब मुर्गी के अलावा और किसी तरह का मांस खाना व्रती को मना था। तब से जो मांस खाना छोड़ा है सुजाता ने तो आज तक नहीं छुआ।

'दूसरे लड़के भी क्या पास ही यहीं रहते थे?'

'हाँ दिदिया, सब जनी का घर ई मौहल्ला ऊ मौहल्ला मा रहा। विजित की माई को ऊ का भाई ले गवा कानपुर। पारथ की मैया जिंदा मरे के तरह। बीमार रही ऊ पहले ही, अब त बिस्तरा पकड़ लिहिस—एक बिटवा जमराज के गवा, दूसर देस छोड़ दिहिस। लोग कहत हैं, लौटब त ऊ का काट कै फैंक देब हियाँ के लोग।'

'पार्थ का वही एक भाई था?'

'हाँ दिदिया, पारथ की मैया न खाय न पिये, न उठे न सोये—बस हरदम कहत है, हमारे दुई बिटवा को लाय देव। पगला गइस। अउरत की जान जइसे बिल्ली की जान, मरै तो छुटकारा मिलै।'

'एक और भी तो लड़का था इनके संग?'

'ललटू? ना दिदिया, ऊ अपन माई का दुख न दिहिस। ऊ की माई पहिले ही मर गई रही। ललटू जनम-अभागा! बाप दूसर बिआह कर लिहिस, त ऊ हियाँ अपन बहिनी के घर आय के रहे लगिस। इतना भला लड़का ई मौहल्ला मा दूसर नहीं न रहा, दिदिया, जइसे पढ़े-लिखे में अव्वल, वईसई तगड़ा रहा। मौहल्ले मा जित्ता भला काम हो ऊ में अगुवा रहा ऊ।'

'पास ही रहता था?'

'दुई मौहल्ला छौड़िकै। सब-के-सब एक्कौ जइसे रहे, ऊ लोगन के रहत मौहल्ला मा कोई बुरा काम न हो सकत रहा। ललटू ही त ऊ लोगन को ऊ रास्ता में ले गवा। आप भी मरा अऊर सबका भी मारिस।'

सुजाता को याद आई। मुरदाघर में उसने कुछ लाशें देखी थीं।

श्मशान में कुछ लोगों को सिर पीटते देखा था और सुना था उनका रोना-चीखना। उन लाशों, उन शोकाकुल स्त्री-पुरुषों के साथ किस गणना के चक्र से वह भी मिल गई थी, यह उसे तब नहीं मालूम चला। अब समझती है, सिर्फ मृत्यु में ही व्रती उन लड़कों के साथ एक होकर नहीं पड़ा था—जीवन में भी वह उन्हीं के साथ घुल-मिल गया था, उनके जैसा हो गया था।

व्रती के जीवन का जो अध्याय उसका अपना बनाया हुआ था, जहाँ वह स्वयं संपूर्ण था, उस अध्याय में व्रती इन लड़कों के साथ एकात्म हो गया था। यही थे उसके निकट के आत्मीय; सुजाता और घर के लोग नहीं। 'मेरा बेटा', 'मेरा भाई'—ये शब्द व्रती के जन्म से निर्धारित कुछ संज्ञा, और नाम-मात्र थे, और कुछ नहीं।

लेकिन अपना मत, अपनी आस्था, अपना आदर्श लेकर व्रती ने अपना एक अलग अस्तित्व बनाया था। जिस भिन्न व्रती की सृष्टि उसने की थी वह व्रती माँ को चाहे कितना भी प्यार करे—या माँ चाहे उसे कितना ही प्यार करे—वह उसे पहचानती तक नहीं थी। सुजाता जिस व्रती को कभी नहीं पहचान पाई, ये लड़के उस व्रती के दोस्त थे।

इसीलिए वे जीवन और मृत्यु—दोनों में व्रती से एकात्म बने रहे और आज सुजाता भी उन्हीं लोगों से एकात्म है जो इन लड़कों के शोक को आजीवन ढोते रहेंगे।

व्रती के मरने के एक साल बाद तक, जब तक सुजाता समु और इन दूसरों के घर नहीं आई, तब तक जैसे अपने ही शोक के घेरे में बंदी बनी हुई थी। समु की माँ का असहाय विलाप और रोना सुनकर, उन सब लड़कों की बातें सुनकर ही सुजाता ने यह महसूस किया कि व्रती उसको अपने निःसंग शोक के अकेलेपन में छोड़कर नहीं गया। उसी की तरह कितने ही और शोक-संतप्त जनों को आत्मीय बनाकर गया है!

लेकिन सुजाता क्या उनके बीच जाकर मुक्ति पाएगी। वह धनी अभिजात जो है—बिलकुल अलग वर्ग की सदस्या! ये लोग

क्यों उसे अपनाने लगे?

समु की माँ कह रही थी : 'ललटू काम-काम करिकै पगला हुई जात रहा। एक्कौ काम ना मिला, तबही से बावला जइसा होइ गवा, अऊर तबहि से ऊ का मन मा ई आग धधकै रही।'

इस बार भी समु की माँ रो रही थी। सुजाता उसकी हथेलियों पर हथेली फेर रही थी। इस एक साल में समु का और दूसरों का घर और भी पुराना हो गया था। चारों तरफ दारिद्र्य के चिह्न उभर आए थे। समु की माँ शायद ऐसी साड़ी पहने थी जिसे पहनकर सुजाता के सामने नहीं आया जाता। सुजाता के आने पर अंदर से कपड़े बदलकर आई। यह साड़ी अगर इतनी घिसी और पैबंद लगी है तो इससे पहले जिसे उतारा है, वह कैसी रही होगी?

इस बार कमरे के एक तरफ से छत नीचे ढल गई है; एक खूँटी से उसे टिका रखा है। तख्त कमरे में नहीं दिखाई दे रहा है। जमीन पर चार ईंटों का एक तख्ता डाला हुआ है। शायद आजकल बरामदे में खाना नहीं बनाया जाता। कमरे के एक कोने में ही अँगीठी, दो-चार बर्तन उलटकर रखे हुए हैं।

समु की माँ का चेहरा और भी टूटा-बिखरा, जीर्ण-शीर्ण लग रहा है। दुर्भाग्य के हाथों अपने-आपको पूरी तरह सौंप देने से जैसी हताशा और विवशता घेर लेती है वैसा ही हाल हो गया था उसका। फुटपाथ में पड़े किसी सूखे से पीड़ित बच्चे, या नाली के पास घूमनेवाली बिल्ली के बच्चे, या पंख-नुचे कौवे के छौने की तरह उसके सिर पर मौत की छाया मँडराती-सी दीखती थी।

लेकिन इतना होने पर भी समु की बहन का चेहरा रूखा, उद्दंड और आक्रोश से भरा हुआ था। एक साल तक शायद उसे जानवरों की तरह अपने चारों ओर की निष्ठुरता से जूझना पड़ा होगा। इसीलिए ऐसे जलकर कोयला हो गई है। सुजाता भूखी-प्यासी आँखों से समु की माँ और उसके कमरे को देखने लगी। मन कह रहा है—यहाँ शायद और कभी नहीं आना होगा।

और कभी समु की माँ के साथ बैठकर यह महसूस नहीं करेगी कि वह अकेली नहीं है। अगली सत्रह जनवरी को क्या करेगी सुजाता? पिछली सत्रह जनवरी से आज तक जानती थी कि उसके जाने की, बैठने की एक जगह है। लेकिन आज समु की बड़ी बहन चुपचाप, ठंडी उपेक्षा के साथ बाहर चली गई—बिना शब्दों के उसको बता गई कि उसका यहाँ आने का स्वागत नहीं होता।

इसीलिए सुजाता व्याकुल, भूखी आँखों से पूरे कमरे को और समु की माँ को देखती रही। इसी कमरे में अपने जीवन के कुछ आखिरी घंटे बिताए थे व्रती ने; समु की माँ के बिछाए हुए साधारण-से बिस्तर पर वह सोया था। समु की माँ ने सुजाता के बेटे को आखिरी पल से कुछ पहले अपने पास पाया था।

समु की माँ ने कहा था : 'तुम्हार दिल मा चोट लगिस, उकरै हियाँ आत हो दिदिया, मगर हमार जिंदगी अंधन-लँगरन की जइसी, काहे दिदिया, हमार लड़की कहत रही जो ऊ समु की बहिनी करके ऊका कोऊ काम न दैबो, ई सच ह का?'

क्या 'सच' है, क्या 'झूठ'—यह सुजाता को क्या मालूम? वे आस्थाहीन लोग आज नहीं हैं, लेकिन उनके परिवार तो हैं। उन आस्थाहीन लड़कों के पास कुछ अलिखित, अव्यक्त, लेकिन ठोस नैतिकता तो थी। उनके परिवारवालों के पास भी ऐसी कोई नीति है या नहीं, कौन जाने?

उस समय ढाई साल तक, बरानगर और काशीपुर को सुधारने के समय तक, इन लोगों के बारे में पूरी चुप्पी साध लेने की अलिखित नीति अपनाई थी सब लोगों ने। राष्ट्रीय कार्यक्रम, टोकियो में हाथी भेजना, मेट्रो का फिल्मोत्सव, मैदान में कलाकारों और साहित्यिकों का जमघट, रवींद्र-सदन का कवि-सम्मेलन—इन सबके पीछे एक बड़ी सुनियोजित मनोभावना काम कर रही थी।

नहीं, विचलित होने की कोई बात नहीं, क्योंकि ऐसी महत्त्वपूर्ण कोई घटना नहीं हुई! कुछेक हजार लड़के नहीं हैं अब, यह सही है लेकिन उससे किसी का क्या आता-जाता है? किसी

माँ के मन में यह बात आती थी या नहीं, पता नहीं। लेकिन सुजाता के मन में तब भी यह बात उठती थी कि सिर्फ पश्चिम बंगाल के तरुण ही आज त्रस्त हैं—ताड़ना और हत्या के योग्य हैं। फिर भी इन हत्याओं की तुलना में और भी महत्त्वपूर्ण घटनाएँ देश की कितनी ही और दूसरी जगहों पर घटित हो रही हैं। उन लोगों का अस्तित्व, उनकी पीड़ा, निश्चित मृत्यु के सामने अडिग विश्वास—इस सबकुछ को पूरे राष्ट्र और देश ने उस दिन अस्वीकार किया था।

आजकल सुजाता को सबसे ज्यादा डर जिस बात से लगता है वह यह है कि अस्वीकार करने के बाद पूरे राज्य ने स्वाभाविकता और सहजता का जो जामा ओढ़ लिया था, वह किसी को हैरत में डालनेवाला या अस्वाभाविक नहीं लगता था। यह सहज स्वाभाविकता कितनी भयंकर, पाशविक हो सकती है, वह सुजाता बहुत अच्छी तरह जानती है! व्रती जैसे लोग जेल में सड़ रहे हैं, रास्ते पर दम तोड़ रहे हैं, कालीगाड़ी में लादे-खदेड़े जा रहे हैं, हिंसक जनता के हाथों मारे जा रहे हैं, लेकिन पूरे राष्ट्र की नीति और विवेक के समान जो लोग हैं वे सब चुप्पी साधे हुए हैं—यह ही एक विषय है जिस पर बोलते समय सबकी जुबान पर ताला पड़ जाता है। लोगों की यह सहज स्वाभाविकता सुजाता को बहुत डरावनी लगती है। उसे डर लगता है जब वह देखती है कि ये लोग अपने-आपको सहृदय, विवेकवान और सामान्य समझते हैं। बाहर देखते वक्त इनकी दृष्टि ही बहुत दूर तक चली जाती है, लेकिन अपने घर में वही दृष्टि, धुँधली और अस्पष्ट हो जाती है।

कई हजार लड़कों की उपेक्षा करो, पूरी तरह से अवहेलना करो, इसी तरह उनका अस्तित्व मिट जाएगा! जेलों में और जगह नहीं है? हजार-हजार लड़के लापता हैं—ध्यान मत दो, बिलकुल आँखें ढँक लो, इसी तरह उनकी सत्ता का निशान भी नहीं रहेगा!

लेकिन उनका परिवार, वर्ग—उसकी भी उपेक्षा करके क्या उन्हें अस्तित्वहीन करने की नीति अपनाई जाए?

सुजाता क्या कहे—समझ में नहीं आ रहा था। उसने कहा, 'मैं तो काम कर रही हूँ।'

'तुम्हार और हमार लड़की की का बराबरी दिदिया, तुम्हार कतनी जान-पहिचान रही, देखओ सब जनि क नाम अखबारन मा छपै रही मगर बरती का नाहीं छपिस, हमार ना कोउ जान ना पहिचान अउर ना पइसा का जोर।'

सुजाता को पता था, समु की माँ के मन में इस फरक का अहसास होगा। मानसिक चोट और शोक ने इन दोनों को काँटापुकूर के मुरदाघर और श्मशान में एक कर दिया था, लेकिन वह साम्य हमेशा स्थायी रहनेवाला नहीं था। शोक से भी बलवान है समय। शोक तट है तो समय सदा प्रवाहित होनेवाली गंगा। समय शोक पर बार-बार मिट्टी की परत चढ़ाता जाता है। फिर एक दिन प्रकृति के अमोघ नियमों के अनुसार समय की परतों के नीचे दबे शोक पर अंकुर-सी उँगलियाँ उगती हैं। अंकुर—आशा, दुख, चिंता और द्वेष के अंकुर!

उँगलियाँ ऊपर, और ऊपर को उठती हैं, आसमान को नोच लेना चाहती हैं।

समय सबकुछ कर सकता है। समय की शक्ति के बारे में सोचते हुए भी सुजाता को डर लगता है। शायद एक दिन ऐसा भी आएगा जब सुजाता की चेतना में व्रती का चेहरा धुँधला, अस्पष्ट-सा हो जाएगा, किसी पुरानी फोटो की तरह। शायद एक दिन सुजाता सब लोगों के सामने सहजता से व्रती का नाम ले सकेगी—जब-तब ही रोएगी।

समय सबकुछ कर सकता है। दो साल पहले उनको और समु की माँ को शोक ने एक साथ लाकर खड़ा कर दिया था। समीकरण का वह हिसाब, समय के हाथों ने मिटा दिया। शोक की भयंकर चोट से दोनों का वर्ग-अंतर मिट गया था।

समय गुजर गया था, इसलिए समु की माँ के मन में फिर से वर्ग का व्यवधान आ गया है।

सुजाता ने पूछा, 'समीरन की बहन पास हो गई?'

'फसपाट दिया रेहिस, सिकंड पाट देय पर गिराजुअट होई सकत। टैप सीखत हय आजकल। तऊ आधा समय जाय नहीं चाहत, कहत हय, कपड़ा-लत्ता नाहीं, जूता नाहीं, हम नाहीं जाब, तू लोगन खातिर अपन जान नाहीं देब। इसब गुस्सा होय कहत रही दिदिया, नाहीं त बिटिया फरज सोचत है।'

'मुझे नहीं लगता कि समीरन की वजह से उसे कोई असुविधा होगी। लेकिन फिर भी मैं देखूँगी, कोई नौकरी की खबर मिली तो बताऊँगी।'

'का कहत हो दिदिया, अइसन बढ़िया टूसन छूट गवा ऊ का। चालीस रुपिया पाइत रही। लड़का का बाप कहिस, हम तुमका ना रखब, तुम ऊ पाटी में रहिल! हाँ दिदिया, हम सच्ची कहत हैं।'

'सब लोग एक जैसे नहीं होते।'

'दिदिया, तुमहि देखौ, हाँ मगर इ आजकल एकौ बड़ा काम करत है, छुटका दूनौ को गौरमिंट बोटिंग में डाल दिहिस। जिका बाप नाहीं ऊका अनाथ आसरम में रख लेत है।'

अच्छा ही किया!

'हमार बिटिया कहत रही, बरती की माई हमार घर आत है करिके लोगन हमका हजार बातन पूछत है। जो ऊ सबका मार डालिस उनमा एक जनि पूछत रहा, तुहार माई अऊर बरती की माई मा का खुसर-पुसर चलत हय। छछुँदर का बिल मा हाथी का का काम? बिटिया हमार डर के मारै मरत हय। रात-बिरात लड़कन का पढ़ाय के लउटत है ऊ। सउदा-सुलफ भी लावत हय। इ करके डरात हय ऊ सबन से। ऊ लोगन सब कर सकत हैं, दिदिया।'

'वे लोग—मतलब?'

'हाँ, दिदिया, ऊ लोगन। अब सब कै सब पाटी बदल लिहिस। ऊ लोगन का कउनो सजा नाहीं दिहिस; सीना तानि कै चलत

हँय सब, अउर देखो हमार बिटिया का पूछत हैं : 'काहे री, अपन भइया का शराध काहे नाहीं किहिस, त हम पेट भरिकै खाइत!' दिदिया, इ लोग चाय की दुकान में बइठके इ बात करत हैं। पत्थर दिल सब-के-सब।'

सुजाता ने सोचा, सच! वह मोड़ पर टैक्सी से उतरकर साइकिल-रिक्शा पर आ जाती है। कभी अपने दाएँ-बाएँ आँख उठाकर भी नहीं देखा। चाय की दुकान पर जो लोग बैठते हैं, उन्हीं में से कोई-कोई व्रती के हत्यारे हैं! अभी तक वे लोग बे-रोकटोक घूम रहे हैं। समु की बहन को ताने मारते हैं! यह कैसे शहर में रह रही है वह जहाँ यह सब घटता रहता है और साथ-ही-साथ होता है रवींद्र-मेला, संस्कृति-मेला, एक के बाद एक, नियम से!

इधर दल और झंडे बदलते ही हत्यारों को छुटकारा मिल जाता है। और उधर जेल की दीवारें और ऊँची होती जाती हैं, दीवारों पर वाचटॉवर बैठाया जाता है—सब एक साथ चलता है, चल रहा है, लेकिन और कब तक?

समु की माँ ने कहा : 'तुम ही भागमान रहिस दिदिया, एक बिटवा गवा त दूसर का छाती से लगायके ऊ को दुख भूल सकत हो। हमार त एक्कौ रहा, छाती का पसली अभी टूट गवा। हमार छाती की चिंता त चिता पै चढ़ै पे बुझिबे।'

सुजाता ने कहना चाहा कि अगर वह समु की माँ की तरह फुक्का फाड़कर रो पाती, जोर-जोर से विलाप कर पाती तो बच जाती। लेकिन वह समु की माँ से कहे कि व्रती की मौत के बाद से वह छाती पर पत्थर रखकर जी रही है, दिल खोलकर रो तक नहीं पाई तब भी तो समु की माँ उसे असामान्य मानेगी। व्रती की मौत की खबर पाते-न-पाते जो लोग उस खबर को दबा देने के लिए झपटकर जाते हैं, उन लोगों के सामने रो नहीं सकी थी सुजाता, आवाज बंद हो गई थी उसकी। यह सब समु की माँ कभी नहीं समझेगी!

समु के माँ-बाप ने उस समय तो कुछ भी नहीं सोचा था।

रात के बारह नहीं बजे थे। दुःस्वप्न—सब दुःस्वप्न जैसा लगता है। बारह बजने से पहले ही उन लोगों ने समु का मकान घेर लिया था। एक-एक करके लोगों को इकट्ठा होते देखकर ही समु की माँ सुबक उठी थी और मुँह पर हाथ रखकर रुलाई रोके थी। समु के बाबू ने बेबस, व्याकुल होकर पूछा था : 'का करैं अब, पिछवाड़े जाइके देखीं, हुआँ से भाग सकत कि नाहीं...।'

समु ने धीरे से कहा था : 'फायदा ना होइहैं बाबू, उ लोगन पीछे से भी घेर लिहिस, हम आवाज सुने रहे उनका।'

'निकालिए उन सबको।' दबी-दबी हिंस्र आवाज।

'बाबू की आवाज जस लागत है ना?' समु के बापू ने कहा।

'बाहर निकालिए उनको!' फिर हिंसक चीख।

'नहीं तो आग लगा देब। ऐ समुआ, बाहिर आय जा, असल बाप का होय त निकल आ बाहेर।'

समु ने गर्दन मोड़कर सबको देखा और कहा था : 'हम पहिले जायँ बाहर, त ऊ लोग हमका पहिलै पकड़बें, तू लोगन मा एक्कौ भाग नाहीं सकबे का?'

'बाहेर आ साले!'

व्रती ने तब समु से कहा था : 'कोई फायदा नहीं है, समु! तू अकेले क्यों जाएगा? सब साथ चलेंगे।'

दुःस्वप्न। सब दुःस्वप्न!

व्रती पहले उठा था। खिड़की के पास जाकर चिल्लाकर बोला था : 'गाली मत दीजिए; हम लोग आ रहे हैं। इंतजार कीजिए।'

'स्साले, ई बाबू साहब का कहाँ से लावा? बाहेर आ रे बाबू का पट्ठा, बाहेर।'

'ना जा, समुआ रे...।'

'माई, रोवो जिनि, बापू का देखो, हम बाहेर जात है, नाहीं

त ऊ लोग आग लगाई देब!'

विजित पाजामे को कसकर बाँध रहा था। हाथों से बाल सँवारे थे। पार्थ कभी भी ज्यादा बात नहीं करता था। उसने कहा था : 'चल, विजित!'

विजित और पार्थ के पास चाकू था; समु और व्रती के पास कोई हथियार नहीं। वे लोग खड़े हो गए—एक-दूसरे का हाथ पकड़कर नारे लगाते हुए उन्होंने दरवाजा खोल दिया था।

'तोर पहिले हम मरब'—कहकर समु के बापू आगे बढ़े, लेकिन समु ने उनको धकेल दिया था। नारे लगाते-लगाते वे बाहर निकल गए थे। बाहर अँधेरा और कुछ घुप्प अँधेरे चेहरे, 'हा-हा-हा', हँसी और उल्लास, चारों तरफ उमगते हुए ठहाके! घरों में एक-एक करके बत्तियाँ बुझती जा रही हैं—दरवाजे, खिड़कियाँ बंद होती जा रही हैं, चौंककर डरे हुए चेहरे अंधकार में छुपे जा रहे हैं, और उधर आसमान में जोरों से सीटी की आवाज उछाल दी जाती है। चुटकी बजाने की आवाज, दुर्गा-प्रतिमा विसर्जन के समय जैसा होता है। इन लोगों की आवाज में नारे, नारे लगाते हुए चाकू सीधा कर दौड़ आते हैं! किसके गले में घोंप रहे हैं?

एक चीख...'स्साले चाकू चलात हो।' किसी ने कहा था, 'कर खतम स्सालों क।' नारे तीन आवाजों में, फिर विजित की गरदन पर फंदा आ फँसता है बड़ी फुरती के साथ। उसकी आवाज घुट जाती है। 'हा-हा-हा,' नारे! नारे! स्लॉगन! 'जिंदाबाद!' 'जुग-जुग जीओ, जिंदाबाद! जुग-जुग जीओ!' बेहिसाब हड़बड़ी। अचानक सब आवाजें रुक गईं। हत्यारे दूर हटते जा रहे हैं। गोली की आवाज—फट्-फट्-फट्! जाड़े की सर्द हवा ठिठक जाती है; बारूद की गंध, हवा का दम घोंटती बारूद की गंध! कालिमा से लिपटे चेहरे दूर भागे जा रहे हैं...।

'हाय-हाय-हाय!' समु के बापू छाती पीटते हुए पछाड़ खाकर गिरते हैं, 'समु रे!'

'दद्दा रे!' बहनें रोती हैं। समु की माँ को और कुछ नहीं मालूम। बेहोशी। अँधेरा, गहरा अंधकार!

समु की माँ कैसे समझेगी कि सुजाता क्यों नहीं रो सकती? कैसे मानेगी कि उस घर में व्रती का नाम भी कोई नहीं लेता? कैसे सोच पाएगी कि व्रती का नाम अखबार में न छपे, इसके लिए व्रती के बाबूजी को कितनी दौड़-धूप करनी पड़ी थी!

क्योंकि अपने को बचाने की बात समु के बापू ने कभी नहीं सोची—कभी सोचा भी जा सकता है, यह भी उन्हें नहीं पता था। जो लोग सोच सकते हैं, उनके साथ समु के गरीब दुकानदार पिता का कभी कोई परिचय ही नहीं हुआ। दिव्यनाथ जैसे लोग और समु के बापू जैसे लोग इसी दुनिया के दो अलग-अलग देशों के वासी हैं!

समु के बापू ने तब सोचा था, थाना-पुलिस करने से सब ठीक हो जाएगा। डरकर सब भाग जाएँगे। दौड़कर हाँफते-हाँफते किसी तरह वह थाने पहुँचे। उन दिनों क्या रात, क्या दिन—थाना सब समय रोशनी से जगमग रहता था। 'चलै साहेब, अब भी जाय त बिटवा बच जाव, अस्पताल ले जाइके होत, साहेब पाय लागी, चलैं।'

लेकिन थाने में बैठे बाबू उम्र में ज्यादा न होने पर भी ज्यादा अक्ल के थे। जब समु के बापू ने हत्यारों के नाम बताए तो जोर से धमका दिया। समु के बापू बड़े असहाय प्राणी हैं—केंचुए की तरह जमीन पर रेंगनेवाले—पैरों से मसलकर सभी चले जाते हैं। पहले वह डरकर चुप हो गए। फिर जोर से रो उठे : 'हम अपन आँखन से देखिस, साहेब, आवाज सुनिस।'

'नहीं, कोई आवाज नहीं सुनी आपने।'

'चलैं तो हजूर!'

'जाएगी, वैन जाएगी।' उसी समय समु के पिताजी थाने के एक और बाबू को देखते हैं और उनके पैर पकड़ लेते हैं। उसके बाद काफी देर से वैन आई। समु के बाप वैन पर चढ़कर बैठते हैं। कॉलोनी में घुसते ही पागलों की तरह चीखते हैं : 'समु, जवाब देव, बिटवा समु रे!' चीखते हैं और हाँफते हैं! आश्चर्य है, वैन को रास्ता भी नहीं बताना पड़ता। सीधे फुटबाल के मैदान

तक चली जाती है वैन। दूर से वैन की रोशनी पड़ते ही कुछ लोग छिटककर अलग हो जाते हैं, और पता नहीं कौन लोग भागकर चले जाते हैं। कुछ चेहरे, लोग रोशनी की गिरफ्त में आ जाते हैं, और पता नहीं क्यों वैन की गति धीमी हो जाती है। वैन जब तक धीरे-धीरे वहाँ पहुँचती है, तब वहाँ कोई नहीं होता। भाग जाने का मौका दे दिया जाता है! पास जाकर वैन रुकती है। ढेर-सी रोशनी बिखर जाती है विजित की देह पर। समु के बापू जिस-जिस पर रोशनी डालते हैं टॉर्च की, उस-उसको देखकर चीखते हैं। फिर 'समु' कहकर जमीन पर लुढ़क जाते हैं। देखते हैं, वे लोग समु को टाँगों से खींचकर ले जा रहे हैं। वैन का मुँह खुलता जा रहा है। समु को निगल लेता है वह मुँह! खट से समु का सिर टकराता है। समु के बापू कहना चाहते हैं, 'सिर बचाय के', पर कह नहीं पाते।

तब सवा तीन बजे थे। इतनी जल्दी वैन पहले कभी नहीं आई थी।

फिर जब सबकुछ खतम हो जाता है तो फिर से थाने जाते हैं। उनका बयान तो लिखा ही नहीं गया। दारोगा बाबू की बात लाल बाजार थाने में जाकर बताते हैं, लेकिन कोई फायदा नहीं होता। 'हे भगवान, ई देस मा कोई न्याव नाहीं का?' कहकर फुटपाथ पर सिर कूटते हैं। उनके साले का लड़का उनको पकड़कर घर ले आता है।

समु की माँ कैसे समझेगी सुजाता की बात? अगर सुजाता कहे, व्रती, बच्चों में से सिर्फ व्रती ही उसकी गोद में सिर रखकर लेट जाता था, उसके गले में हाथ डालकर बातें करता था : 'मेरी पीठ पर साबुन मल दो, माँ', 'देखो, हेम ने फिर आज ठंडी चाय दी है', 'आज बैंक के बाद मैं और तुम सिनेमा जाएँगे', 'आज ही यह कापी लौटानी है, ये नोट्स उतार दो, माँ', ये बातें समु की माँ को वह बताए तो वह सोचेंगी—ऐसे तो सभी बेटे अपनी

माँ से बातें करते हैं। इसमें बताने की खास बात क्या है?

सुजाता अगर उन्हें बताए कि वह एक ऐसे समाज में रहती है जहाँ पैरों के नीचे धरती का आधार नहीं है, धरती में धँसी जड़ें नहीं हैं, एक बेजान मरा हुआ समाज, जहाँ नंगी देह दिखाने में शर्म नहीं, शर्म है भावनाओं को दिखाने में! अगर वह बताए कि उस समाज में माँ-बेटे, बाप-बेटे, पति-पत्नी—हरेक संबंध जहरीला हो जाने पर भी कोई किसी को मारता नहीं, दिल खोलकर कोई रोता नहीं, सब एक-दूसरे के साथ भद्र, नम्र बरताव रखते हैं, तो वे सब बातें समु की माँ की समझ में नहीं आएँगी। भाषा वही है तो क्या, भावों का अंतर समु की माँ को कभी समझ में नहीं आएगा।

सुजाता अगर कहे कि व्रती को, अपने मृत बेटे को समझने के लिए ही वह यहाँ आती है, तो भी समु की माँ नहीं समझेंगी। सुजाता अगर बताए कि व्रती ने जब बदलना शुरू किया तो सिर्फ किताबें पढ़कर या दो-चार बड़ी-बड़ी बातें सुनकर ही नहीं बदला था वह। समु की तरह दीन-दरिद्र माँ-बाप की संतान, लालटू की तरह अभागे, अपमानित युवक, इन लोगों के, और भी कितने लोगों के सीने में धधकती आग को अपने खून में महसूस करके ही वह बदला था। जीवन ने उसे बदल जाने को विवश कर दिया था। इसीलिए उसने अपने सुरक्षित निर्दिष्ट जीवन का त्याग कर दिया था। अगर वही जीवन अपनाता तो वह विलायत जाता, लौट आता, बड़ी नौकरी करता, समाज की ऊपरी मंजिल तक चढ़ जाता बड़ी आसानी से, बिना किसी कोशिश के।

ये सब बातें समु की माँ नहीं समझेंगी, क्योंकि समु की माँ ने अभी-अभी कहा : 'तुम्हार बिटवा का चेहरा हमार आँखिन के आगे दीखै रहा दिदिया, जिन लोगन के पास कछु नाहीं ना—ऊ लोगन पगलाय जाब, ई त इक बात हय, हमार समु बचपन ते कहत रहा, 'काहे? हम भिखमंगा जस काहे रहबो, जउन सबका मिले ऊ हमका काहे न मिलबै? काहे हम भीख माँगके लात

खाब दूसरन का?' मगर बरती का कौनो दुख नहीं रहा, ऊ का सबकुछ रहा, ऊ काहे मरैके आहिस?'

'उनको, उन लोगों को आगाह करने आया था।'

'दिदिया, तुम त जानि रहे कि तुम्हार बिटवा कौन रास्ता पै चलत है, तुम ऊ का काहे नाहीं रोकिस?'

समु की माँ को नहीं पता कि आज वह जीत गई हैं, क्योंकि उनको पता था कि समु क्या कर रहा है। सुजाता के पास ऊँचा सिर, अभिजात चेहरा, कलाई पर घड़ी, महँगी ताँत की साड़ी—ये सब चीज़ें थीं, लेकिन कई हजार माताओं के सामने वह पराजित हो गई थी, क्योंकि उसको जरा भी नहीं मालूम था कि उसका बेटा क्या कर रहा है। हार हो या जीत, सुजाता से कभी झूठ नहीं बोला गया। उसने कहा : 'मैं नहीं जानती थी कुछ भी।'

'जानत रहे त कोई बिटवा को ऐसन मरै के पठाय सकत?'

सुजाता उठ खड़ी हुई।

'फिर आइ हो, दिदिया। तुहार संग बात करै से हमार जी ठंडा हो जात है।'

सुजाता जानती थी, फिर वह कभी नहीं आएगी। 'चलूँ!' अचानक समु की माँ के कंधे पर हाथ रखा। उसने कहा, 'आपका बहुत अहसान रहा मुझ पर।'

'कहाँ का अहिसान, दुखिया ही दुखिया का दरद समझत हय।'

आज बिछुड़ते समय समु की माँ को कुछ, बहुत कीमती कुछ देने की इच्छा हुई। जी चाहा—अपने अंदर बनाए हुए शोक के कोषागार से कुछ निकालकर, उन्हें देकर जाए। इसलिए जो वह अपने मुँह पर आज तक नहीं ला सकती, वही बात कह दी : 'जिस दिन वे लोग मरे, उसके बाद वाले दिन ही व्रती का जन्मदिन था—सत्रह तारीख को उसके बीस साल पूरे होकर इक्कीसवाँ शुरू होता।'

शाम

वह मकान उनके घर के पास ही था। आते-जाते कई बार सुजाता ने इसे देखा था, लेकिन कभी अंदर नहीं गई। किसका मकान है, यह भी नहीं पता था। पुराने ढंग का दुमंजिला मकान। सामने लंबा बरामदा। मकान की मुँडेर पर विदेशी नक्काशी और नाम लिखा हुआ था—पूर्व गंगानगर। शायद मकान-मालिक के गाँव का नाम है। सुजाता के देखते-देखते बीस साल में ही मकान की हालत कलकत्ता जैसी हो गई। आधा चमकता नया, नई पॉलिश की दमक, खिड़की पर लगा कूलर—आधा पुराना, पलस्तर उखड़ा, खिड़कियों में पुरानी साड़ियों के बने परदे। मकान के सामने नीचे धोबियों के खोखे, होमियोपैथिक दवा की दूकानें, रेडियो-मरम्मत की एक दूकान—हिस्सा-बाँट के साथ-साथ गरीबी और अमीरी का भी बँटवारा हो गया है, ऐसा मालूम पड़ता है।

अँधेरा गलियारा पार करके, पंचायती आँगन के एक तरफ एक कमरा। मकान का पिछवाड़ा है यह। सामने एक शरीफे का पेड़ बेफिक्री से उगा हुआ। कमरे की दीवारों और छत से पलस्तर झर रहा है; फर्श पर से सीमेंट उखड़ रहा है। एक बड़ा तख्तपोश पड़ा है। अलमारी में धूल-भरी, कभी इस्तेमाल में न आनेवाली कानून की कुछ किताबें। अलमारी पर लगा है ज़ंग-खाया ताला। सुजाता तख्त पर बैठी थी, नंदिनी उसके सामने मोढ़े पर।

'बिट्रे किया था[1] अनिंद्य ने,' नंदिनी ने फिर कहा। पहले भी कहा था; अब कहते समय उसकी आँखों पर विस्मय की छाया एक

---

1. धोखा दिया था।

बादल के टुकड़े की तरह तैर गई। जैसे अभी भी उसको विश्वास नहीं होता था। वह समझ नहीं पाती कि कैसे यह जानते हुए भी कि इस विश्वासघात के परिणामस्वरूप समु, व्रती और दूसरों की हत्या हो सकती है, अनिंद्य ने यह काम कैसे किया!

'नंदिनी, मुझे सब बातें नहीं मालूम।'

'पता है। आप लोगों को कभी भी कुछ भी मालूम नहीं रहता। जो कुछ हो जाता है, वह आपके लिए सिर्फ हो जाना मात्र है। क्यों होता है, कैसे होता है—यह बिना जाने भी चल जाता है। ये विश्वास कितने गलत किस्म के हैं, अब तो आपको मालूम पड़ रहा है?'

सुजाता चुप रही।

अनिंद्य ने दगा किया था! व्रती लाइक ए फ़ूल ट्रस्टिड हिम।[1] उसकी वजह यह थी कि अनिंद्य को नीतू, जो व्रती का अच्छा दोस्त था, ले आया था। नीतू जिसको लाया—उस पर संदेह नहीं किया जा सकता! व्रती ने यही सोचा होगा। वह उसका दोस्त था न! नीतू क्या जान-बूझकर ही अनिंद्य को लाया था? सुजाता ने मन-ही-मन पूछा।

बहुत दिनों तक कालकोठरी में रहने से शायद मन की अनुभूतियाँ काफी पैनी हो जाती हैं, क्योंकि कालकोठरी का अकेलापन भयावह होता है; वहाँ आदमी को चारों तरफ की बहरी दीवारों, लोहे के दरवाजों के बीच, सिर्फ दीवार पर बने एक गवाक्ष के पहरे में, अपने साथ निपट अकेले रहना पड़ता है। अपने मन को छुरी की या संगीन की धार की तरह तीखा-पैना बनाकर वह याद करने की कोशिश करता है कि बाहर की दुनिया में किस-किसने उसे याद रखा है। बीच-बीच में दरवाजा खुल जाता है। तब उसे जहाँ ले जाया जाता है, वह जगह भी उसकी मनचाही,

---

1. बेवकूफ की तरह व्रती ने उस पर विश्वास किया।

बाहरी दुनिया नहीं होती। ये कमरे कुछ और ही तरह के होते हैं। एकदम शब्द या गूँज से सुरक्षित! दरवाजे, खिड़कियाँ नमदे से ढके, रबड़ के नल लगाकर—आवाज अंदर-बाहर न आ-जा सके—ऐसी व्यवस्था से बने। कमरे की चीख, कराह, मारने की आवाज, जिरह करनेवाले की दहाड़—ये सब आवाजें उस कमरे में ही कैद रहती हैं। उस कमरे में जिससे जिरह की जाती है, उसकी आँखों के आगे हजार वाट की बत्ती जलती रहती है—जिरह करनेवाला अँधेरे में रहता है। चाहे वह सिगरेट पीता हो या नहीं—उसके हाथ में सिगरेट थमी रहती है।

'ओह, आप व्रती चैटर्जी की दोस्त हैं' महीन आवाज में नम्रता और भद्रता से प्रश्न पूछते हुए कभी-कभी जिरह करनेवाले सज्जन हजार वाट की बत्ती में चमकनेवाले चेहरे पर जलती हुई सिगरेट भी छुआ देते हैं। सिगरेट की झुलस से सिर्फ़ चमड़ी पर जलन का सतही घाव लगता है। चमड़ी जरा-सी ही जलती है, और वह जली हुई चमड़ी मरहम लगाने से ही ठीक हो जाती है। चमड़ी की जलन का आसान इलाज! ऊपर का घाव तो ठीक हो जाता है, लेकिन युवक या युवती के भीतर हृदय में एक-एक दाग जख्म बन जाता है। फिर लौटकर कालकोठरी। अपने साथ अकेले जीना!

अपने साथ अकेले जीने से अनुभूतियाँ पैनी हो जाती हैं—मुरदाघर की छुरी या पुलिस की संगीन की नोक की तरह धारदार, पैनी। इसीलिए नंदिनी समझ गई सुजाता का मन-ही-मन पूछा गया प्रश्न—कि नीतू जान-बूझकर ही अनिंद्य को लाया था क्या?

नंदिन ने कहा : 'नीतू जान-बूझकर लाया था या नहीं, यह अब किसी को, किसी दिन भी मालूम नहीं होगा। नीतू का क्या हुआ था, पता है आपको?'

'नहीं।'

'नीतू के बहुत-से उपनाम थे, बहुत-से नाम। व्रती और उसके साथियों के खत्म हो जाने के बाद बहुत-से अन्य लोगों की बेरहमी

से पकड़-धकड़ होने लगी थी। नीतू को उसके इलाके में सब दीपू के नाम से जानते थे। नीतू उस समय भाग गया। कहीं आसपास ही छुपा था—कल-कारखानों की दुनिया में। वहाँ उसे बिलकुल दूसरा आदमी समझकर पकड़ लिया गया। उसी समय वहाँ पहुँच गए उसके मुहल्ले के ऑफिसर कमांडिंग, हालाँकि उनको वहाँ जाना नहीं था। लेकिन अखबारों ने भी हमें धोखा दिया था। कहाँ-कहाँ छुपने की जगह है, अस्पताल का बंदोबस्त कहाँ है, कहाँ किस गाँव में काम चल रहा है, अखबारवाले बीच-बीच में छाप रहे थे ये खबरें, लेख लिख रहे थे। इसी तरह की एक खबर पढ़कर ऑफिसर कमांडिंग वहाँ पहुँचा था। जीप रोककर वह चाय पीने और गुड़ लेने अंदर गया।'

'गुड़ लेने?'

'हाँ, वहाँ का गुड़ बहुत मशहूर है। उसके लिए दो हँडिया भरकर रखी हुई थीं। उसने घुसते ही नीतू को देखा। कहा, 'दीपू, तुम?' नीतू उस समय डर से, जिरह के डर से बहुत ही सशंक हो रहा था। वह बोल पड़ा : 'हाँ, देखिए न, ये लोग मुझे पकड़कर ले आए हैं।' ऑफिसर कमांडिंग ने उसी समय उसे जीप में बैठा लिया। रास्ते में एक होटल में खाना खिलाया, सिगरेट पिलाई। क्योंकि नीतू मुहल्ले का मन-पसंद लड़का था और मुहल्ले में उसने कोई भी कार्रवाई नहीं की थी, इसी से उसने सोचा था शायद यह बचकर निकल जाएगा।'

'नहीं निकल पाया?'

'नहीं! उसे मुहल्ले में लाकर थाने के सामने पीट-पीटकर मार डाला गया था। मुहल्ले की लड़कियाँ भी उस दिन विरोध-प्रदर्शन करने गई थीं। उनके ऊपर भी आँसू-गैस छोड़ी गई थी।'

'अखबार में नहीं छपा?'

'नहीं।'

'फिर?'

'नीतू नहीं है। वह अनिंद्य के सब इरादे जानता था या नहीं, अब कोई नहीं जान पाएगा। लेकिन मुझे लगता है...।'

'क्या?'

'कि जानने चाहिए थे।'

'किसको? नीतू को?'

सुजाता नीतू को नहीं पहचानती, इसीलिए आसानी से उसका नाम ले सकी; व्रती ने कब इन लोगों से उसका परिचय कराया था!

'हाँ! नीतू को, व्रती को, मुझे।'

'क्या जानना चाहिए था?'

'हम लोग जो कुछ कर रहे थे, उसके साथ-साथ ही, हमारे प्रोग्राम के साथ-साथ कुछ और लोग एक दूसरा प्रोग्राम भी चला रहे थे।'

'कौन-सा प्रोग्राम?'

'मुखबिरी का,' नंदिनी ने शांत ठंडी आवाज में कहा।

अब सुजाता की समझ में आया—अनिंद्य का नाम लेते समय उसकी आँखों में विस्मय की छाया बादल की तरह क्यों तैर गई थी। अनिंद्य के विश्वासघात करने पर वह विस्मय नहीं था। विस्मय था व्रती पर, खुद अपने पर और दूसरे लोगों पर। यथार्थ की हर व्यवस्था के लिए आस्थाहीनता पर ही उनका प्रचंड विश्वास था। इसी को उन्होंने जीवन का मूल्य बनाया था। लेकिन इसके साथ-साथ कुछ लोग बड़े सुनियोजित रूप से विश्वासघात के इरादे पाल रहे हैं, दोस्त बनकर धोखा देने की योजना बना रहे हैं, यही बाद में जानने की हैरानी थी नंदिनी को।

'यूँ लगता है, सबकुछ ही धोखाधड़ी है।'

नंदिनी ने फिर कहा। सुजाता ने देखा—उसके दुबले, साँवले थके हुए चेहरे पर आँखों के नीचे गहरी काली छाया है—पहाड़ों की ढलान के नीचे, तलहटी पर हमेशा रहनेवाली छाया की तरह!

लगा, नंदिनी को कभी भी जाना नहीं जा सकेगा, वह कभी पहचान में नहीं आएगी। सहसा महसूस हुआ—जैसे बहुत बड़ा

नुकसान हुआ जा रहा है। खालीपन के अहसास से वह घिर गई। व्रती ने जिसको प्यार किया था, उसका मन हमेशा अचीन्हा, अजाना रह जाएगा? यह सोचकर ही सुजाता को बड़ा दुख हुआ। नंदिनी के किसी विश्वास, किसी अनुभव को वह बाँट नहीं सकी, साँझा नहीं बना सकी। समझने की कोशिश नहीं की व्रती और नंदिनी जैसे लोगों को। अब तक जिन चीजों में व्यस्त थी—उसमें क्या सार्थक है, क्या निरर्थक यह उसको कौन बताएगा? अपने मन और स्वभाव की खामियों को सुजाता ऐसे ही एक-एक करके पहचान पाएगी, क्या इसीलिए व्रती उस दिन शाम को नीली कमीज पहनकर निकल गया था? सीढ़ियों के नीचे खड़े होकर, आँखें उठाकर देखता रहा था उसे?

अगर वे क्षण लौट आएँ तो सुजाता क्या करेगी? वह सीढ़ियों से उतरकर नीचे चली जाएगी। व्रती को गले लगा लेगी, कहेगी : 'मैं सबकुछ जानूँगी व्रती, सबकुछ जानना शुरू करूँगी। बस, तू कहीं मत जा। कलकत्ता में बीस साल का लड़का एक मुहल्ले से दूसरे मुहल्ले तक नहीं जा सकता। तू मत जा।'

लेकिन समय लौटकर नहीं आता। समय बीत जाता है—नियति की तरह निर्मम समय—समय, बहती जाह्नवी और शोक, जैसे कि जाह्नवी का रेतीला तट। समय के बहाव से शोक पर तहें जमने लगती हैं। फिर एक दिन उन परतों को भेदकर नए अंकुरों की उँगलियाँ निकलती हैं। ये उँगलियाँ आकाश को छू लेना चाहती हैं। आशा, व्यथा, सुख, आनंद के अंकुर—अंकुरों की उँगलियाँ!

'सबकुछ धोखाधड़ी-सा लगता है।'

सुजाता की चिंता की दीवार के उस पार से नंदिनी ने कहा।

'इससे तुम्हारा कष्ट ही बढ़ेगा, नंदिनी!'

'नहीं, बिलकुल नहीं, उलटे जब तक दगे-धोखे के अस्तित्व से अनजान थी, तब अपने ऊपर अटूट विश्वास था। लेकिन उस विश्वास की कोई बुनियाद नहीं थी। सो व्हेन आई स्टार्टिड डाउटिंग,

व्हेन आई थॉट ऐंड थॉट ओवर द फैक्ट्स, आई कुड बी मोर श्योर नाउ आई नो व्हेयर आई स्टैंड।'[1]

'डज़ इट हैल्प यू एनी वे?'[2]

'हाँ, अब लगता है कि तब कितनी सहजता से हम महसूस करते थे कि एक युग, एक कल्प खत्म होता जा रहा है। वी आर ब्रिंगिंग ए न्यू एज़ इन।[3] मैं और व्रती सिर्फ बातें करते-करते ही कितने दिन श्यामबाजार से भवानीपुर तक पैदल लौटे हैं। तब जो कुछ हम देखते थे—मकान, लोग, सड़क पर लगी नियॉन की बत्तियाँ, फुटपाथ पर फेरीवाले के पास लाल गुलाब, सड़क के किनारे के तोरण, बस-स्टाप पर चिपके पोस्टर, लोगों के चेहरों पर बिछी हँसी, रास्ते पर फैली किताबों की दूकान पर किसी छोटी-सी-पत्रिका में छपी कविता और उसकी तसवीर! जब मैदान में होनेवाली मीटिंग में लोगों की तालियाँ, हिंदी के गानों की सुंदर धुन सुनते थे हम लोग, तब कैसे अपार आनंद से भर जाता था मन, छलक पड़ता था आनंद! वी फ़ेल्ट एक्सप्लोसिव, फ़ेल्ट लॉयल टु ऑल एंड एवरी थिंग।[4] वह मन अब और लौटकर नहीं आएगा। मैं उस मनःस्थिति को कभी नहीं पा सकूँगी। एकाएक सबकुछ गँवा चुकी हूँ। एक युग, कल्प—सचमुच लोप हो गया। उस दिन की वह 'मैं' अब मर गई हूँ?'

'क्यों नंदिनी, व्रती नहीं है इसलिए?'

'हाँ, व्रती नहीं है इसलिए। और भी कितना कुछ जो था, अब नहीं है। कालकोठरी में रहकर सोचते-सोचते मैं भी खत्म हो गई हूँ।'

'ऐसा मत कहो।'

'माँ भी आपकी तरह बातें करती हैं; माँ नहीं समझतीं, आप भी नहीं समझेंगी।'

---

1. लेकिन जब मैंने संदेह करना शुरू किया, सब तथ्यों को गौर से देखना शुरू किया, मैं ज्यादा विश्वस्त होने लगी, अब मुझे मालूम पड़ने लगा कि मेरी स्थिति क्या है।
2. इससे तुम्हें किसी तरह की राहत मिलती है?
3. हम एक नई दुनिया को जन्म दे रहे हैं।
4. हमारे मनों में किसी भी वक्त विस्फोट फूट सकता था—हमारे मन हर चीज, हर बात के प्रति विश्वास से भरे हुए थे।

'क्या मैं बिलकुल ही नहीं समझूँगी, नंदिनी?'

'कैसे समझेंगी? क्या आप लोगों ने हमारी तरह अपनी आस्था को दाँव पर लगाया था? टु एवरी थिंग ऑफ़ एवरी डे लाइफ़?'[1]

नहीं, सुजाता ने यह सबकुछ नहीं किया था। किसी राहगीर की हँसी में, तैरकर आती गाने की धुन में, लाल गुलाबों के गुच्छे में, झिलमिलाती रोशनी में, लटके हुए बंदनवारों के कपड़े में अपनी आस्था को बंधक नहीं रखा था। क्या उसने कभी भी, किसी चीज में अपनी आस्था को दाँव पर लगाया था?

'अब समझ में आता है कि किस तरह धोखाधड़ी चल रही थी। आज भी चल रही है।'

'अभी तक?'

'हाँ, अभी तक। नहीं तो एक के बाद एक जेल की दीवारें क्यों ऊँची होती जा रही हैं? क्यों हैं वाच टॉवर? क्यों हजारों-हजार लड़के जेलों में सड़ रहे हैं, और कोई एक शब्द भी नहीं बोलता! जब कोई बोलता भी है तो अपने दल के स्वार्थ को सुरक्षित रखकर। क्यों, हम, जो लोग काम करना चाहते हैं, एक अखबार भी नहीं निकाल सकते? प्रेस, टाइप—हमें यह सबकुछ नहीं मिलता, लेकिन फिर भी हजारों-हजार पत्रिकाएँ निकलती हैं; सुनते हैं, वे पत्रिकाएँ हमारे लक्ष्यों के प्रति सहानुभूति से पूर्ण हैं। मात्र धोखा! कितने लोगों ने धोखा दिया—न जानकर सिर्फ इधर-उधर की हाँकते हैं। क्यों मुट्ठी-भर कवि उस समय 'बँगला-देश', 'बँगला-देश' करके पागल होते थे, और अब रो-रोकर कविता लिखते हैं! धोखा-दगा! क्यों अब भी लोग गिरफ्तार किए जाते हैं? जेल में गोली चलती है? धर-पकड़ चलती रही है? कुल धोखा....!'

'अभी तक?'

'अभी तक, माँ। क्यों? अखबार में छपता नहीं, इसलिए धर-पकड़ हो नहीं रही है क्या? गोली नहीं चल रही है? क्या नहीं हो रहा है? होगा क्यों नहीं? क्या खत्म हुआ है? कुछ नहीं। नथिंग

---

1. प्रतिदिन की हर बात पर, हर चीज पर।

हैज़ इंडीड।[1] बस, सोलह से चौबीस बरस तक की एक पीढ़ी खत्म हो गई, हो रही है।'

जो कभी नहीं करती, सुजाता ने वही किया। आवेग में वह कोई काम नहीं करती। पूरी जिंदगी में जो चाहा वह कर न पाई। छोटी उम्र के तूफान देखने के लिए अगर वह कभी खिड़की में खड़ी हो जाती थी, तो भी दिव्यनाथ मना करते थे। छोटी उम्र में जो अनुशासन स्वभाव में पका दिया जाता है उससे पार पाना मुश्किल है। फिर भी सुजाता ने नंदिनी के हाथों पर अपना हाथ रखा। मन-ही-मन वह महसूस कर रही थी कि यह समय फिर लौटकर नहीं आएगा, जैसे नीली कमीज पहने सीढ़ियों के नीचे व्रती के खड़े होने का अमूल्य दुर्लभ क्षण फिर कभी लौटकर नहीं आएगा। अब इस समय, मन की अतल गहराइयों में—यह कैसी शून्यता है, कैसा सीमाहीन शोक है—नंदिनी को और कभी इतने पास वह नहीं पा सकेगी!

नंदिनी के हाथों पर हाथ रखते समय डर लग रहा था, सोचते हुए भी डर लग रहा था कि क्या नंदिनी अपना हाथ हटा लेगी और उसको उसके जाने-भुगते हुए जीवन के घेरे में फिर से धकेल देगी? एक बार फिर समु की बहन की आँखों में जो प्रत्याख्यान था—वही नंदिनी की आँखों में देखेगी? सुजाता जानती है कि अब से बाहर की दुनिया में दिव्यनाथ, ज्योति, नीपा, तुली, बिनी, बैंक के साथी लोग और अंदर की दुनिया में व्रती—सिर्फ व्रती ही क्यों, समु की माँ, नंदिनी—इन सबके साथ दुख बाँटकर घुटकर जीती हुई वह, यही उसकी कालकोठरी होगी। अब से वह बिलकुल अकेली हो जाएगी, बिलकुल अकेली! कोई दरवाजा खोलकर उसके नितांत एकाकीपन को तोड़कर नहीं पूछेगा : 'आप व्रती चैटर्जी की माँ हैं?'

लेकिन नंदिनी ने हाथ नहीं हटाया। थोड़ी चुप रही फिर हिचकिचाते, झिझकते हाथों उसकी उँगलियों को छुआ। सुजाता

---

1. कुछ भी तो नहीं।

ने हाथ हटा लिया। वह कृतार्थ हो गई—नंदिनी ने उसके हाथों को छुआ है।

'मैं व्रती से प्यार करती थी।'

'व्रती ने तुम्हारी बात मुझसे कही थी।'

'कही थी?'

'हाँ, सोलह जनवरी को।'

'आश्चर्य है!'

'क्या?'

'पहले नहीं कहा?'

'नहीं।'

'मुझे लगा था कि व्रती आपको ही बताएगा। घर में और किसी से उसे लगाव नहीं था।'

'व्रती का?'

'आप इतना हैरान क्यों हो रही हैं?'

'यह ठीक है कि व्रती औरों के इतना नजदीक नहीं था, लेकिन...!'

'लेकिन इसमें हैरान होने की क्या बात है? पिता, बहन, भाई होने से ही क्या उनसे प्यार हो जाना जरूरी हो जाता है? उनकी तरफ से कोई प्रतिक्रिया, संकेत न मिलने पर भी?'

'मुझे नहीं पता, नंदिनी। व्रती को मैं कितना कम पहचानती थी—वह आज समझ में आता है, तब नहीं समझती थी।'

'समझने की कोशिश की थी?'

सुजाता ने मनाही में सिर हिलाया; झूठ उससे बोला नहीं जाता।

'आप लोग, आप लोगों की पीढ़ी ही ऐसी है। आप लोग सबकुछ चाहते हैं—प्यार, विश्वास, आज्ञा-पालन। क्यों चाहते हैं, कैसे चाहते हैं?'

'नहीं चाहना चाहिए?'

'नहीं, चाहने का अधिकार आपकी पीढ़ी ने गँवा दिया है।

लेकिन हम लोगों में से कई ऐसे थे जिनका उनके माँ-बाप से अलग तरह का संबंध था। अंतु, दीपू, संचयन, ऑल हैपी लाइव्स [1], फिर भी वे लोग हमारे साथ आए थे। कैसे आए थे, यह कौन बताएगा?'

'तुम्हीं बताओ न, नंदिनी।'

'व्रती की बात ही लीजिए। अपने बाप से उसका कोई परिचय ही नहीं था। पहले जब प्यार, अपनत्व का इशारा पिता की तरफ से मिल सकता था, तब बाप ने रिश्ता कायम करने की कोशिश ही नहीं की। वह आपको भी पायदान की तरह इस्तेमाल करते थे, व्रती कहा करता था!'

'व्रती ने यह कहा था?'

'नहीं तो मुझे कैसे पता चलता?'

'व्रती ने कहा था?'

सुजाता का चेहरा लाल हो गया। फिर स्वाभाविक हो आया। इस सबका मतलब व्रती समझता था, इसीलिए माँ पर उसका इतना स्नेह था। जब वह छोटा था, तो एक दिन सुजाता को चुपचाप रोते हुए देखकर छह साल के व्रती ने कहा था : मैं तुम्हें एक शेर-शिकारी छापेवाली साड़ी खरीद कर दूँगा।

'वह कहता था, उसके पिताजी घूस देकर दूसरी कंपनी के ग्राहक फोड़ लाते हैं। ही इज़ वन सी.ए.,[2] जिनके मरने पर कोई आँसू नहीं बहाएगा। कहता था, आपकी तरह की पत्नी और चार बच्चे रहने पर भी वह लड़कियों को लेकर हमेशा...एक टाइपिस्ट लड़की के लिए फ्लैट किराए पर लेकर रखा है। व्रती ने उनको, इस बात को लेकर चेतावनी दी थी, यह आपको मालूम है?'

'कब?'

'नवंबर के महीने में, अपने मरने के दो महीने पहले।'

---

1. सभी की जिंदगी खुशियों से भरपूर थी।
2. एक खास ही किस्म के चार्टर्ड एकाउंटेंट हैं।

अब सुजाता को समझ आया, क्यों कुछ महीनों से व्रती दिव्यनाथ के सामने नहीं पड़ता था; क्यों दिव्यनाथ उसका नाम भी मुँह पर नहीं लाते थे। एक बार भी पहले की तरह नहीं पूछते थे : 'तुम्हारा छोटा लड़का क्या इसी घर में रहता है?'

'उसके भाई-बहन अपने पिता के प्रशंसक थे। व्रती कहता था, वे लोग इनसान नहीं हैं। उसकी बड़ी बहन कामोन्मत्त है; छोटी बहन ग्रंथियों से भरी हुई बदतमीज लड़की है, बड़ा भाई एक दलाल है—यह सब उसके मुँह से ही सुना है। सिर्फ आपके ऊपर...आपसे वह प्यार करता था। इसीलिए नहीं गया।'

'कहाँ नहीं गया?'

'उसको घर पर नहीं रहना था। लगता है, सिर्फ आपके ही लिए वह जा नहीं रहा था। लेकिन उन्नीस जनवरी को उसकी और मेरी चले जाने की बात थी, और भी बहुतों के साथ।'

'कहाँ?'

'बेस पर[1]।'

'व्रती घर छोड़कर चला जाता?'

'अगर जिंदा रहता तो जाता। अनिंद्य चुगली नहीं करता तो जरूर जाता। व्रती जैसों का भ्रम अपने घरों से ही टूटना शुरू हुआ था। फिर...।'

'लेकिन समु के बाबूजी तो व्रती के बाबूजी की तरह नहीं थे।'

'समु का भ्रम किसी और कारण से टूटा था। समु तो कहता था कि पहले अपने बाप को मारेगा। गुस्से से आग-बबूला होकर कहता था। बापू टेक्स एवरी थिंग लाइंग डाउन[2]। मछलीवाले से लेकर मुहल्ले के मदमत्त लोग, सब उन पर रौब डालते हैं। सौदा खरीदकर कोई दाम नहीं देता था। उधर अंतु, दीपू, संचयन—ये लोग अपने पिताओं की श्रद्धा करते थे। इन लोगों को समझना बहुत मुश्किल है।'

'मेरे बारे में व्रती और क्या-क्या कहता था?'

---

1. अड्डे पर।
2. बापू हर बात को बिना विरोध के सह लेते हैं।

'बहुत-बहुत-सी बातें करता था—हर समय नहीं, बीच-बीच में। इसी बात को लीजिए, व्रती को अड्डे पर जाना था पंद्रह जनवरी को। वह मुल्तवी करते-करते उन्नीस तक ले गया। सिर्फ मैं उसके जन्म-दिन के बारे में जानती थी...उसका जन्म-दिन आपके लिए बहुत महत्त्वपूर्ण है। वह इन सब बातों पर विश्वास नहीं करता था। फिर भी आपके लिए जाने का दिन टालता गया। मैंने उसे खूब सुनाई थीं!'

'उसने क्या कहा?'

'हँस दिया। जिस बात का जवाब देना नहीं चाहता था, वहाँ वह हँस देता था। उसने कहा, शायद मैं तेरी तरह मजबूत कलेजे का नहीं हूँ।'

'और क्या कहता था व्रती?'

'कहता था, आप बहुत अच्छी हैं। कहता था, आप भी नितांत भोली हैं, लेकिन आपको समझाया जा सकता है। आपसे उसे कोई नाराजगी नहीं थी। नेशनल स्कॉलरशिप मिलने पर पहले वह नौकरी-वौकरी की बात सोचता था। तब कहता था कि नौकरी मिलने पर आपको लेकर वह कहीं चला जाएगा, आखिर में हालाँकि यह सबकुछ वह नहीं कहता था।'

तब क्या सुजाता का जकड़नेवाला स्नेह ही परोक्ष रूप में व्रती की मौत के जिए जिम्मेदार सिद्ध हुआ?

उसको दुख होगा, इसीलिए व्रती उस दिन कलकत्ता में था? नहीं तो व्रती अड्डे पर चला गया होता!

'कहाँ है अड्डा?'

कालकोठरी में रहने से आदमी की अनुभूतियाँ छुरी की नोक की तरह पैनी हो जाती हैं।

नंदिनी ने कहा, 'अपने-आपको दोषी मत ठहराइए, शायद अड्डे में भी व्रती मरता, किसी तरह भी मरता, हालाँकि अगर अनिंद्य धोखा न

देता...।'

'फिर भी लगता है...।'

'अनिंद्य ने दगा दिया--यही है असल बात। हम लोग किसी और दल को छोड़कर नहीं आए थे। हमारे मन पहले ही परिवर्तित हो चुके थे, अनिंद्य दूसरा दल छोड़कर आया था। कह-सुनकर किसी की सलाह-मशविरे से आया था। समु और अन्य लोग उस दिन मुहल्ले में लौटेंगे, ऐसा ठीक हुआ, बात में फैसला बदल गया। हम लोग ही हमेशा संगठन की कमजोरी के लिए भुगतते हैं। जो संगठन बिलकुल अंडरग्राउंड होते हैं, उसमें यू ऑलवेज़ डिपेंड ऑन अदर्स[1]। अनिंद्य को पहले समु आदि को जाने के लिए मना करता था, फिर यही खबर व्रती को देनी थी।'

'व्रती इसीलिए घर पर ही बैठा था?'

'हाँ! लेकिन अनिंद्य ने समु वगैरह से कुछ भी नहीं कहा और मुहल्ले में औरों को बता आया कि वे लोग आनेवाले हैं। खबर देकर वह चला गया, लौटकर फिर नहीं आया। सीधे कलकत्ता के बाहर चला गया। मुझे शाम को लालटू से मिलना था। जब मुझे पता लगा, समु और दूसरे लोग मुहल्ले में लौट गए हैं तो मैंने व्रती को खबर की। व्रती ने इसके बाद के निर्देशों की प्रतीक्षा नहीं की, खुद ही उनको आगाह करने चला गया।'

'तुम्हें...तुम्हें कैसे पता लगा?'

'मुझे सुबह पता लगा था--पार्थ का जो भाई उसी रात भाग गया था उसी ने मुझे खबर दी थी।'

'तब तुम...।'

'उसी दिन सुबह मुझे गिरफ्तार कर लिया था।'

'उसी दिन सुबह?'

'हाँ, अनिंद्य ने हमारे पूरे ग्रुप को ही पकड़वा दिया था।'

'वह अब कहाँ है?'

'कौन? अनिंद्य? अनिंद्य बाहर है।'

'बाहर?'

---

1. आपको सदा दूसरों पर भरोसा करना पड़ता है।

'किसी दूसरे राज्य में।'

'फिर?'

'फिर जेल में रही। तब लगता था...।'

'क्या?'

'अनिंद्य की हत्या करूँगी। अब ऐसा नहीं लगता।'

'अब क्या लगता है?'

'नहीं मौसी, मैं बदली नहीं हूँ। लेकिन शायद अनिंद्य से ही नहीं, सभी कुछ के विरुद्ध फिर से लड़ना होगा।'

'फिर से, नंदिनी?'

'व्हाई नॉट?'[1]

'क्यों, बताओ...तब तो तुम्हें भी...।'

'आप समझ नहीं रही हैं। यू लव टू इनटेंस्ली।[2] उसके बाद जेल, जिरह, आँखों पर हजार पॉवर का बल्ब, दे ट्राई टु ब्रेक यू...देन यू फ़ाइंड यूअरसेल्फ़।[3] मैं और कभी, जैसा आप सोच रही हैं वैसी स्वाभाविक, सामान्य नहीं हो पाऊँगी। इसकी वजह सिर्फ व्रती ही नहीं है। अगर वह जिंदा रहता तो शायद हम लोग शादी करते, या शायद नहीं भी करते। क्या करते, यह बहुत-सी दूसरी बातों पर निर्भर था। पता नहीं, क्या होता! उसके बाद क्या-कुछ हुआ! उसके बाद...सब बातें मैं आपको नहीं बताऊँगी, यू लूज़ टेस्ट फ़ॉर मैनी थिंग्स[4]।'

'व्रती से तुम बहुत प्यार करती थीं?'

'तब ऐसा ही लगता था। अभी भी ऐसा ही लगता है। सुना है, समय सबकुछ भुला देता है। शायद किसी दिन भूल भी जाऊँ, या फिर उसका चेहरा ही धुँधला पड़ जाए! सोचते ही डर लगता है।'

'हाँ!'

'आपको भी?'

---

1. क्यों नहीं?
2. आप बहुत भावाधिक्य से प्यार करती हैं।
3. वे आपको तोड़ देने की हरचंद कोशिश करते हैं—तब आप अपने-आपको पहचान पाते हैं।
4. बहुत-सी चीजों का आप स्वाद खो बैठेंगे।

'हाँ!'

'पता नहीं, भूलूँगी या नहीं। पता नहीं, धीरे-धीरे याद कम होने लगेगी या नहीं। लेकिन सिर्फ व्रती ही तो नहीं। जब सोचती हूँ, सो मैनी डाइड फ़ॉर व्हॅट?[1] जानती हैं, जेल से बाहर आकर सबसे पहले कौन-सी बात खल गई थी?'

'क्या?'

'जब मैंने देखा, सबकुछ सामान्य है। बहुत अच्छा! जैसे तो जो होना था हो गया, अब सब शांत हो गया है, ऐसा एक वातावरण छाया है चारों तरफ—तब छाती फट गई थी।'

'लेकिन अब तो सचमुच सबकुछ शांत है, नंदिनी।'

'नहीं!' नंदिनी चीख उठी; सुजाता अवाक् रह गई।

'शांत नहीं हुआ, नहीं हो सकता। तब भी कुछ शांत, निश्चल नहीं था, अब भी नहीं है। डोंट से[2], सब शांत हो गया है। आफ़्टर ऑल यू आर व्रतीज़ मदर[3]! सब शांत हो गया है, ऐसा आपको कहना या विश्वास नहीं करना चाहिए। कहाँ से ऐसा आत्म-संतोष आता है?'

'कुछ भी शांत नहीं हुआ?'

'नहीं, नहीं हुआ। व्हाई डिड दे डाई?[4] क्या खत्म हो गया है? लोग सुखी हैं? राजनीति का खेल खत्म हो गया है? इज़ इट ए बेटर वर्ल्ड?[5]'

'नहीं?'

'हजारों लड़के बिना मुकदमे के, न्याय की जेलों में सड़ रहे हैं! फिर भी आप कहती हैं कि सब शांत है?'

नंदिनी बार-बार हताशा से सिर हिलाती रही। कहने लगी : 'सब मुझे यही समझाते हैं। माँ कहती हैं, तू तो अब और कुछ नहीं

---

1. इतने लोगों ने किस बात पर प्राण दिए?
2. ऐसा मत कहिए।
3. आखिरकार आप व्रती की माँ हैं।
4. वे सब लोग मरे क्यों?
5. क्या दुनिया बेहतर हो गई है?

करेगी, फिर शादी क्यों नहीं करती? घर-गृहस्थी क्यों नहीं बसाती?'

'तुम क्या...?'

'अस्वास्थ्य के कारण छोड़ा है। नहीं तो शायद छोड़ते नहीं। मैं मरना नहीं चाहती थी; बाहर न आने पर शायद इलाज नहीं होता। अभी भी मैं नजरबंद हूँ।'

'किस चीज का इलाज?'

'ओह, आप समझीं नहीं? तेज रोशनी के सामने लगातार कभी बयालीस, कभी बहत्तर घंटे रहने की वजह से मेरी आँखों की नसें मर गई हैं। मैं दाहिनी आँख से देख नहीं पाती। देखने से पता नहीं चलता।'

'नहीं, मुझे तो पता नहीं लगा।'

'एक आँख बिलकुल खराब हो चुकी है।'

'अब तुम क्या करोगी?'

'पता नहीं। मतलब, आँखों का इलाज कराऊँगी, इतना जानती हूँ। और क्या करूँगी, यह नहीं जानती। लेकिन माँ के कहे अनुसार संदीप से शादी नहीं करूँगी।'

'संदीप कौन?'

'एक लड़का है। अच्छी नौकरी करता है। आजकल शायद हमारी तरह लड़कियों से शादी करना धीमान राय[1] की कविता लिखने की तरह एक फैशन बन गया है। नहीं तो वह मुझसे क्यों शादी करना चाहता है, समझ में नहीं आता!'

'आखिर क्या करोगी तुम, नंदिनी?'

'कहा तो, नहीं पता। अभी किसी-किसी मामले में अपने-आपको बहुत विक्षुब्ध, डिस्टर्ब्ड और असंयत पाती हूँ। सब—अजनबी, अन-पहचाने लगते हैं। अपने को किसी चीज के साथ आइडेंटिफ़ाई नहीं कर पाती। पिछले कुछ सालों के अनुभव, दे हैव मेड मी अनफ़िट फ़ॉर दिस सो-काल्ड नॉर्मेल्सी।[2] जो आप लोगों को

---

1. एक आधुनिक कवि जो सतही फैशनेबल राजनीतिक कविताएँ लिखा करते थे—उनका छद्मनाम।
2. इस अनुभवों ने मुझे इन तथाकथित सामान्यता से एकदम विमुख कर दिया है।

सामान्य लगता है, मुझे असामान्य लगता है। क्या करूँ, बताइए तो?'

'नहीं, मुझे कुछ नहीं कहना है।'

'हम लोगों के दोस्तों में से कोई भी जिंदा नहीं है—जिन लोगों की बातें हर समय मन में घुमड़ती रहती हैं, जो हर समय याद आते हैं, उनकी बातें कर सकूँ—ऐसा कोई भी नहीं है।'

'तुम्हारे घर में तो सभी हैं।'

'वो तो हैं। वह मेरा घर नहीं है। मेरे किसी रिश्तेदार का घर है। माँ, बाबूजी कलकत्ता में नहीं रहते।'

'उनके साथ...।'

'उनके लिए भी मैं एक समस्या हूँ, यह समझती हूँ। कौन जाने, क्या करूँगी! शायद आप सुनेंगी....!'

नंदिनी हँसी। सुदर उजली हँसी। कहने लगी : 'शायद आप सुनेंगी, फिर से पकड़कर ले गए हैं। क्या होगा, कैसे बताऊँ?'

सुजाता बैठी रही। अभी बैठे रहने का समय नहीं है। संध्या उतर रही है। जाड़ों की शाम जरा जल्दी ही आ जाती है। अब उसे घर लौटना चाहिए। लेकिन पैर पत्थर हो रहे हैं।

'आप अब जाएँगी नहीं?'

'हाँ, अब जाऊँगी।'

'अब फिर कभी मुलाकात नहीं होगी?'

'तुम क्या कहीं जाओगी?'

'नहीं, यहीं रहूँगी। लेकिन फिर मिलकर क्या होगा?'

सुजाता ने हामी भरी। कुछ भी नहीं होगा। क्योंकि नंदिनी की और उसकी जिंदगी समानातर रेखाओं की तरह है। मिल सकें—ऐसी एक भी संभावना नहीं दीखती।

'एक चीज तुम्हें दूँ?'

'क्या?'

'यह तुम्हीं रखो।'

व्रती की फोटो। हमेशा उसके बैग में रहती है, उसके पास-पास।

नंदिनी ने फोटो ले लिया। तख्तपोश के ऊपर रखा। उसके बाद कहा : 'मेरे पास और कुछ भी नहीं है, न था।'

'मेरे पास और भी हैं। यह तसवीर, शायद किसी ने कॉलेज में खींची थी।'

'जानती हूँ। अनिंद्य ने खींची थी।'

'चलूँ, नंदिनी। तुम...तुम ठीक से रहना। कभी कोई जरूरत पड़े तो खबर देना।'

'दूँगी।'

नंदिनी ने हँसकर ही कहा, लेकिन सुजाता ने जान लिया कि नंदिनी कभी खबर नहीं देगी। नंदिनी को भी पता था कि वह खबर नहीं देगी। दोनों एक-दूसरे के लिए फिर से अजनबी बन जाएँगी। सिर्फ सुजाता की दुनिया बदल जाएगी। पहले की तरह वहाँ कुछ भी नहीं होगा। क्यों उस दिन व्रती नीली कमीज पहने निकल गया? क्यों एक हजार चौरासीवीं लाश बन गया? आज दिन-भर में इस पहेली का उत्तर टुकड़ों-टुकड़ों में जान लिया। सुजाता का बाकी जीवन उन टुकड़ों को मिलाने में ही बीत जाएगा!

'आपको दरवाजे तक पहुँचा आऊँ, रोशनी नहीं है बाहर।'

'नंदिनी टटोल-टटोलकर दरवाजे तक गई। उसकी चाल देखकर लगा, शायद उसकी दोनों आँखों की दृष्टि ही कम हो गई है।

'बाहर आओगी?'

'नहीं, मैं बाहर नहीं आ पाऊँगी। घर में ही नजरबंद हूँ।

इसके अलावा अकेले भरोसा भी नहीं होता।'

'तब रहने दो।'

सुजाता ने उसके माथे, चेहरे पर हाथ फेरा। बड़ी इच्छा हुई कि उसे गले से लगा ले, व्रती को जैसे नहीं लगा पाई थी। स्वाभाविक, जीवंत भूख! जिसके वशीभूत हो समु की माँ ने श्मशान में कहा था : 'ऊ का हमार छाती में लगाई देओ। ऊ का छाती में लइके हमका अब्बै शान्ति मिलि है। हम अऊर नाहीं रोइब।'

'एक दिन मैं और व्रती बातें करते-करते आपके घर तक पैदल चले आए थे। व्रती ने कहा था, एक दिन आपसे मिलवाएगा। बहुत दिन पहले की बात है।'

सुजाता ने सिर हिलाया। 'नहीं नंदिनी, बहुत दिन नहीं हुए। शायद चार ही बरस हुए होंगे। लेकिन बरसों के हिसाब से क्या होगा—दूसरे हिसाब से बहुत समय बीत गया—उन सामान्य दिनों के बाद, जिन दिनों के अंत में एक बार व्रती की माँ से मिलकर आया जा सकता था। उन दिनों के बाद कितने ही आलोक-वर्ष बीत गए हैं।

सुजाता ने धीरे से कहा : 'चलूँ।'

नंदिनी ने कुछ नहीं कहा। पीछे मुड़ी—मैली, अँधेरी दीवार पर हाथ रखा, फिर धीरे-धीरे अन्दर की तरफ बढ़ने लगी। उसका हर कदम उसे सुजाता से दूर ले जाता रहा। सुजाता बाहर निकल आई—कलकत्ता की सड़क पर!

रात

जाड़ों की शाम बहुत जल्दी ही उतर आती है, इसलिए इतना अँधेरा है। और अँधेरा है, इसलिए सुजाता के हर कमरे की रोशनी इतनी तेज़ है। पिछले कुछ दिनों से सुजाता ने बैंक से घर आकर खिड़की के शीशों को साबुन के पानी से साफ़ किया है, इसीलिए भी रोशनी इतनी चमक रही है। कुछ दिन पहले बारिश हुई थी। कल भी थोड़ी-सी बौछार पड़ी है—इसलिए दो-एक फ़तिंगे इतनी ठंड में भी बाहर से खिड़की के शीशों पर सिर पटक रहे हैं, रोशनी के दायरे में घूम रहे हैं। ऐसा ही होता आया है। सिर्फ़ जो-जो सामान्य है, नंदिनी के लिए वही-वही असामान्य रहेगा। नंदिनी के शरीर पर सिर्फ़ चादर पड़ी थी। व्रती जाड़ों में फटा-पुराना नीला शाल ओढ़ना पसंद करता है।

दिव्यनाथ बहुत देर से शायद दरवाज़े तक आ-जा रहे थे। अब वह पहले की तरह कर्कश स्वर में चिल्ला उठे : 'घर लौटने का समय हो गया। हद है!'

सुजाता कुछ नहीं बोली। दिव्यनाथ और उस टाइपिस्ट लड़की के सामने व्रती कब हुआ था—सुजाता ने मन-ही-मन इसका हिसाब लगाया। हाँ, उसी समय से व्रती ने अपने स्कॉलरशिप का पैसा घर में देना शुरू किया था। सुजाता आज समझी कि व्रती उसी समय घर छोड़कर नहीं गया तो सिर्फ़ उसी के लिए। व्रती, तूने मुझे कुछ क्यों नहीं बताया? क्यों मुझ पर तेरा प्यार स्नेह में बदल गया था? जैसे एक छोटी-सी लड़की पर उसके पिता का प्यार होता है!

सुजाता गलियारा पार कर धीरे-धीरे ड्राइंग रूम में घुसी—हर फूलदान में फूल सजाये हुए हैं। झलमल उजली रोशनी! गहरे खूनी रंग के गुलाब। हाय, लाल गुलाब के गुच्छों में, झलमलाती रोशनी में जिन्होंने अपना विश्वास गिरवी रखा था! उन्होंने कब से वह विश्वास लौटा लिया है—फिर भी ये गुलाब इतने लाल हैं, रोशनी इतनी तेज़ है। धोखाधड़ी! नंदिनी और व्रती के साथ गुलाबों और रोशनी ने भी धोखा किया है। सुजाता ने सिर हिलाया।

बड़ी मेज़ को नीचे के बरामदे में निकाला गया है। स्कूल में पढ़ते वक़्त, बरसात के दिनों में कितने दिन यह टेबल निकालकर व्रती टेबल-टेनिस खेला करता था अपने दोस्तों के साथ। एक बार इसी बरामदे में व्रती और उसके दोस्तों ने रवीन्द्र-जयंती मनायी थी। उसका दोस्त बाबलू एक ही चालबाज़ था। उतनी छोटी-सी उम्र में बाबलू ने लिखा था : 'रवींद्रनाथ बहुत ग़रीब थे, इसीलिए आठवीं क्लास के बाद पढ़ना छोड़ दिया था और कविता लिखकर अपना गुज़ारा करते थे।' व्रती ने रवींद्रनाथ की कविता 'वीर पुरुष' पढ़कर सुनायी थी। उसके बाद कितने ही आलोक-वर्ष बीत गए हैं।

मेज़ के ऊपर झक-सी सफ़ेद चादर बिछी हुई है। मेज़ के एक पाये की लकड़ी व्रती के जूतों की ठोकर से छिल गई थी। मेज़ के ऊपर काँटा-चम्मच, नैपकिन, वाइन ग्लास, पानी, शीशे के गिलास, फ़ुल प्लेटें, कॉफ़ी के प्याले—सब सजे हुए हैं। इस घर की किसी भी चीज़ में व्रती नहीं है। कहीं नहीं है। व्रती के घर में, जिसमें वह पलकर बड़ा हुआ, ज़िन्दगी बितायी—उस घर में व्रती को ढूँढ़ पाना इतना मुश्किल है!

सुजाता ने देखा, काले पर लाल सुनहरे रंग के चेरी के फूलवाले प्याले! ये नीपा के हैं। तो नीपा भी आयी है।

खाने के कमरे में घुसी। मेज़ पर संदेश के डिब्बे, रसगुल्ले की हँडिया, दही। वालडोर्फ़ और साबिर का नाम छपा है डिब्बों

पर। आज के लिए खास आर्डर दिए गए थे।

साइड बोर्ड के ऊपर सॉस, विनेगार, मस्टर्ड, नमक, काली मिर्च, सलाद। बिनी ने कट-ग्लास के डूँगों में कतरकर सिरके में हरी मिर्च भिगोई थी।

'हेम!'

हेम दौड़कर आई।

'एक गिलास शिकंजवीन।'

हेम चली गई।

दिव्यनाथ अंदर आए—प्रौढ़, भोगी, मांसल चेहरा। आज पहली बार सुजाता को लगा—गरदन के पास इतनी ज़्यादा छँटाई के साथ बाल काटना, मुँह में स्नो लगाना, सचमुच ही बहुत कुत्सित लगता है। लगा, अगर दिव्यनाथ चिकन का कुरता और किनारीवाली शाल न भी पहनते तो भी चल जाता। जूते आज ही के लिए खरीदे गए हैं, यह देखकर ही पता लग जाता है। दिव्यनाथ ने बहुत क़ीमती बनियान पहन रखी थी, यह सुजाता को पता था।

'क्या सोचती हो तुम? जानती हो, पचास लोगों को बुलाया है!'

'जानती हूँ।'

'मतलब?'

'बंदोबस्त किया हुआ था सब। नीपा आई है। तुम घर पर ही थे। सब बंदोबस्त हो ही गया है जब, तब और बात मत बढ़ाओ।'

'बात मत बढ़ाओ! तुम समझती क्या हो?'

'तुम—अगर—इसी—समय—यहाँ से—चले न जाओ—तो मैं घर से—निकल जाऊँगी—और कभी नहीं लौटूँगी।'

सुजाता ने रुक-रुककर कहा। उसको घिन लग रही है, बेहद घिन लग रही है। दिव्यनाथ और वह टाइपिस्ट लड़की; दिव्यनाथ और सुजाता की रिश्ते की ननद; दिव्यनाथ और उनकी मुँहबोली

भाभी!

दिव्यनाथ के गाल पर जैसे किसी ने तमाचा जड़ दिया। चौंतीस साल के विवाहित जीवन में सुजाता एक बार भी इस तरह अपने पति से नहीं बोली थी।

'तुम सारा दिन कहाँ रहीं, क्या यह भी पूछ नहीं सकता?'

'नहीं।'

'व्हॅट?'[1]

'दो साल पहले तक, पिछले बत्तीस साल से तुम अपनी शामें कहाँ बिताते थे, किसको लेकर पिछले दस साल से टूर पर जा रहे हो, क्यों तुम अपनी पुरानी टाइपिस्ट के लिए मकान का किराया देते रहे—यह सब मैंने तुमसे कभी नहीं पूछा। तुम मुझसे एक बात भी नहीं पूछोगे, किसी दिन भी नहीं पूछोगे!'

'गॉड।'[2]

'जब उम्र कम थी, तब मैं समझती नहीं थी। उसके बाद तुम्हारी माँ ने तुम्हारे हर पाप, हाँ, पाप को ढँकने की कोशिश की, इसलिए पूछने की इच्छा भी नहीं हुई कभी। इसके बाद आई हैड नो इंटरेस्ट टु नो।[3] लेकिन तुम जिस तरह अपने घर, अपने परिवार से चोरी-चोरी बाहर समय बिताते थे, मैंने वह नहीं किया। और भी सुनना चाहते हो?'

'तुम...आज...?'

'हाँ, व्हाई नॉट? आज क्यों नहीं? जाओ।'

'जाऊँ?'

'हाँ, जाओ!'

सुजाता ने 'जाओ' शब्द आदेश के स्वर में कहा। दिव्यनाथ गरदन पोंछते-पोंछते निकल गए।

आज के बाद सुजाता नहीं रहेगी यहाँ। अब नहीं रहेगी। जहाँ व्रती नहीं है वहाँ वह नहीं रहेगी। व्रती के रहते अगर वह एक

---

1. माने? 2. हे परमात्मा! 3. कुछ भी जानने में दिलचस्पी नहीं रही।

दिन भी दिव्यनाथ से इस तरह.बात कर सकती! कह-सुनकर व्रती को लेकर निकल जाती, तब भी शायद कुछ बदल नहीं सकती थी, बस, सिर्फ़ व्रती के मन के क़रीब आ जाती। व्रती को यह मालूम हो जाता कि जिस सुजाता को उसने जाना है, वह ही पूरा सच नहीं है। व्रती बिना जाने ही चला गया।

हेम अंदर आई, नीबूवाला शरबत दिया। सुजाता ने एक घूँट पिया, फिर कहा : 'गरम पानी रख हेम, नहाऊँगी। लेकिन खुद पानी ढोकर नहीं लाना। नत्थू है न?'

'नत्थू बरफ़ लाने गया है पड़ोस में।'

'क्यों, घर में बरफ़ नहीं जमी?'

'नहीं, मिस्त्री ने आकर कहा, पता नहीं क्या खराब हो गया है फ्रिज का। साठ रुपए लगेंगे। वह भी अभी नहीं हो सकता।'

'फिर पानी रहने दे।'

'अभी न नहाओ, बाद में नहा लेना।'

'ठीक है, बाद में नहाऊँगी।'

'सारा दिन कुछ खाया?'

'नहीं, मन नहीं हुआ।'

'अब ऊपर जाओगी न?'

'हाँ।'

'कुछ खाओगी?'

'नहीं। नीपा कब आई?'

'सुबह। उन्होंने तो यहीं खाना खाया।'

'लड़की को लाई है।'

'नहीं, उसके इस्कूल में जाने क्या हो रहा है।'

'कमरे किसने सजाए?'

'क्यों, बहूरानी ने।'

'कप-प्लेट सब किसने निकाले?'

'स—ब छोटी दीदी ने किया है। तुम चली गईं तो मुझे खूब डाँटा-फटकारा। मैं काम नहीं करती, बैठी-बैठी रोटियाँ तोड़ती हूँ, छोटे भैया का नाम भुनाकर खा रही हूँ, वगैरह-वगैरह।'

'डाँटा क्यों?'

'नहाने का पानी उबलकर गरम हो गया था : उसके बाद और भी क्या-क्या पीसकर उबटन बनाने को कहा था। मैंने कहा, मुझे इतना कहाँ याद रहता है?'

'फिर?'

'उसके बाद घर-वर साफ़ करने लगी। बहूरानी ने कहा, 'मैं किसलिए हूँ? एक दिन तुम किसी और पर जिम्मेदारी देकर चैन नहीं ले सकतीं?' बस इसके बाद दोनों में खूब झगड़ा हुआ। क्या-क्या बोल रही थीं, पता नहीं। अँगरेजी में झगड़ रही थीं दोनों।'

'तू क्यों सुनने गई?'

'लो, और सुनो। मैं कभी सुनती हूँ उनकी बातें! ऐसा चिल्ला रही थीं दोनों कि सड़क पर आदमी इकट्ठे हो गए थे।'

'फिर?'

'उसके बाद छोटी दीदी ने जाकर बड़ी दीदी को फ़ोन किया। उन्होंने आकर बहूरानी को मनाया। फिर बहूरानी ने सब काम पूरा किया। फिर सबने मिलकर खूब गप्पें मारीं, खाना खाया। उसके बाद तो भाई, सब ठीक-ठाक हो गया। नीचे जाने कहाँ गईं और पता नहीं, कहाँ से जूड़ा बँधवाकर आईं। खूब हँस-हँसकर आ रही थीं बाहर से।'

'तूली की सहेली जूड़ा बनाने नहीं आई?'

'नहीं।'

'अच्छा, तू अब जा।'

हेम चली गई। सुजाता कमरे से बाहर निकल आई। रेलिंग पकड़-पकड़कर ऊपर चढ़ने लगी। तकलीफ़ हो रही है; बेहद तकलीफ़ हो रही है। व्रती होने के एक दिन पहले कितनी तकलीफ़ थी! और किसी के जन्म के बारे में इतना कुछ याद नहीं है। सिर्फ़ व्रती की बात ही क्यों याद है? व्रती उसके मन में एक दर्द बनकर ज़िंदा रहेगा—सिर्फ़ इसीलिए? सीढ़ियों की इस जगह पर ही व्रती उस दिन...पेड़ू में दर्द! सोचा था, तुली की शादी

के बाद ही ऑपरेशन कराएगी। अब लग रहा है, पहले ही कराना पड़ेगा। आज का दिन कट जाए किसी तरह तो कल सोचेगी कि क्या करना ठीक होगा।

आज के दिन एंगेजमेंट रखने की उसकी क़तई इच्छा नहीं थी। लेकिन उसकी राय पूछना कभी किसी ने ज़रूरी नहीं समझा। टोनी कपाड़िया की माँ के गुरुजी अमेरिका में रहते हैं। स्वामीजी ने ही यह तारीख तय की थी। टोनी माँ का कहा नहीं टालता। माँ के पैसे से वह इतना बड़ा धंधा कर रहा है।

दिव्यनाथ बड़े खुश हैं—दोनों उन्हीं की तरह मातृभक्त हैं। माँ की हाँ में हाँ मिलाता है। लेकिन मातृभक्ति होना उसका अतिरिक्त गुण है। होनेवाले दामाद के रूप में वह वैसे भी वांछनीय है। टोनी की कोशिशों से ही दिव्यनाथ को शॉ वेन्शन का ऑडिट का काम मिला था। टोनी के बारे में दिव्यनाथ के मन में कमज़ोरी-सी है। इसके अलावा तुली उनकी सबसे चहेती बेटी है। तुली का स्वभाव, शक्ल—सब दिव्यनाथ की माँ की तरह है।

टाइपिस्ट लकड़ीवाली बात तुली को ही सबसे पहले पता चली थी, लेकिन वह जानकर भी अनजान बनी रही। उसके मन में बाप के प्रति कोई घृणा या अलगाव की भावना नहीं आयी। उलटे उस लड़की की उद्दंडता इतनी बढ़ गई थी कि घर पर फ़ोन करके बताती थी कि आज शाम को मार्केट जाना है, दिव्यनाथ को ख़बर कर दी जाये। तुली ही फ़ोन उठाती थी, क्योंकि उस लड़की को पता था कि तुली के अलावा और कोई फ़ोन उठाएगा तो दिव्यनाथ को ख़बर नहीं मिलेगी। दिव्यनाथ ने ही टाइपिस्ट को तुली की बात बताई होगी।

तुली अपने बाबूजी को सब खबरें ठीक-ठाक पहुँचा देती थी। उस समय अपने बाबूजी के लिए उसके मन में एक अजीब-सा अधिकार-बोध आ गया था। तुली की देख-रेख में दिव्यनाथ शाम होने से पहले अच्छे कपड़े पहनते थे। अपनी रखैल के साथ शाम बिताकर आने के बाद तुली ही चिकन सूप और सलाद लेकर अपने पिता के पास दौड़ी जाती थी। एक सन्तोष और गर्व का

अनुभव होता था उसे, जैसे उसकी दादी को होता था। 'मर्द हैं उसके बाबूजी, शादी करनी हो तो ऐसे मर्द से ही करनी चाहिए!' यह बात तुली बड़े गुमान के साथ कहती थी। कहती थी, 'बड़े भैया तो कायर हैं, एकदम जोरू के गुलाम!'

ज्योति जब अपने बाबूजी की बात ससुराल के किसी रिश्तेदार से सुनकर आया था और घर में इसे लेकर बहस, बातचीत हुई थी तो तुली ने ही कहा था : 'बड़े भैया, किसी को दोषी कह देना बड़ा आसान है। लेकिन जो लोग इस तरह छुटकारा ढूँढ़ते हैं, उन लोगों के जीवन में ज़रूर कोई दुख होता है। बाबूजी को तो है ही।' उसने फिर कहा था : 'दादीजी कहती थीं कि दादाजी कोई शाम घर पर नहीं बिताते थे तो क्या सिर्फ़ इसीलिए वह इंसान होने के नाते कुछ कम थे?'

और व्रती ने कुछ भी नहीं कहा था। तुली के रहते वह उसके साथ बैठकर खाना नहीं खाता था; जब तक वह घर पर रहती थी, उससे बात नहीं करता था। अब लगता है—व्रती को सबकुछ मालूम था। शायद उसने सोचा हो कि सुजाता को इस बात से सबसे ज़्यादा अपमानित अनुभव होना चाहिए, लेकिन सुजाता ही जब चुप है तो वह क्यों कुछ कहे? लेकिन शायद सुजाता के इस स्थिति को स्वीकार कर लेने के कारण उसे बहुत आघात पहुँचा था, इसीलिए घर छोड़कर चला जाना चाहता था। सुजाता व्रती को अब कभी भी यह नहीं समझा सकेगी कि वह क्यों चुप रहती थी। व्रती की बात सोचकर, कि वह बड़ा हो जाये, लिख-पढ़ ले, फिर व्रती को लेकर कहीं चली जाएगी—यह कुछ सोचकर वह सब सहती रही। व्रती यह बिना जाने ही चला गया। अगर जान जाता तो क्या अपनी राह बदल देता? नहीं, कभी नहीं बदलता, यह वह जानती है—इसीलिए व्रती उसकी प्रिय संतान था। माँ के मन के इस हाहाकार को व्रती बचपन से ही समझने लगा था, इसलिए कहता था : 'बड़ा होकर मैं तुमको एक शीशे के मकान में रख दूँगा—जादुई शीशे के मकान में। माँ, तुम सबको

देख पाओगी, लेकिन कोई तुम्हें नहीं देख पाएगा।'

दसवीं क्लास में 'मेरा प्रिय व्यक्ति' शीर्षक से 'मेरी माँ' नाम देकर लेख उसने लिखा था। वह व्रती! उँगली कटकर खून बहने पर डर जाता था, लेकिन दाँतों से होंठ भींचकर सह भी लेता था। बड़ी तीव्र इच्छा होती है, उसके चेहरे पर हाथ फेरकर उसको महसूस करे, उसकी आँख, नाक, होंठ, भौंहों पर कोई कटा निशान, लेकिन पूरे चेहरे पर एक भी अक्षत जगह नहीं थी! उसकी हत्या ही सिर्फ़ उद्देश्य नहीं रहा होगा—हत्या को धीरे-धीरे विलंबित लय में ले जाना, पैशाचिक उल्लास से धीरे-धीरे मौत के क़रीब जाते आदमी को तड़पता देखना!

उन हत्यारों को कोई सज़ा नहीं मिली—क्योंकि वे चतुर लोग हैं। इससे बढ़कर भयंकर परिणति किसी और समाज की हो सकती है क्या? जिन लोगों ने उन तरुणों को हत्या का मंत्र पढ़ाया था, उनको कोई पहचनवा नहीं देता? उन लोगों का बाल भी नहीं बाँका हुआ। इतना गूढ़, दुर्बोध्य, क्लिष्ट, जटिल क्यों है सबकुछ?

क्या आज भी वे लोग सक्रिय हैं, भयानक रूप से सक्रिय? नंदिनी ने कहा था : 'कुछ भी शांत नहीं है।' सुजाता ने सुना है : 'वे लोग हजारों तरह के प्रलोभन देते हैं, नाखूनों में सूई चुभोते हैं, आँखों के सामने हज़ार वॉट के बल्ब जलाते हैं, देह के गुप्त स्थानों में बीभत्स यातनाएँ पहुँचाते हैं! कितने-कितने अत्याचार करते हैं, लेकिन फिर भी व्रती की तरह के लड़के झुकते नहीं; आज भी नहीं झुकते जब जेल की कस्टडी से पुलिस की कस्टडी में रहते हैं। यानी जेल से फिर पुलिस की हिरासत में। फिर फ़ाइल बंद। पूर्ण विराम।' अजेय दत्त की माँ ने कहा था : 'अब हाबलू दत्त की फ़ाइल भी बंद कर सकते हैं।' हाबलू अजेय का ही एक उपनाम, उर्फ़ था। संजीवन की दीदी को जेलवालों ने कहा था : 'तसवीर दिखाना चाहती हैं? अपनी माँ को? एक महीने के बाद आइएगा। रील में एक साथ बहत्तर तसवीरें आएँगी। आपके भाई का तो सिर्फ़ तीसवाँ नंबर है। महीने-भर में रील

ख़त्म होगी, तभी न तसवीर निकलेगी!'

रेलिंग पकड़-पकड़कर ऊपर चढ़ रही है सुजाता। इसी रेलिंग पर से फिसलकर व्रती उतरता था। हेम दूध का गिलास लेकर सीढ़ियाँ चढ़ती थी और इसी बीच व्रती कितनी ही बार ऊपर-नीचे हो लेता था। बड़ा होकर भी कितनी बार इसी रेलिंग को पकड़कर उतरा करता था। लेकिन आज इस घर में व्रती कहीं भी नहीं है। वह आज भी है लेकिन दूसरी जगहों पर, फुटपाथ के लाल गुलाब के गुच्छों में, सड़क पर टँगी सजावटों में, रास्ते की रोशनी में, लोगों की हँसी में, समु की माँ के चेहरे में, नंदिनी की आँखों के नीचे की काली छाया में—कहाँ-कहाँ ढूँढ़ती फिरे उसे सुजाता? शरीर अब साथ नहीं देता—व्रती कहाँ-कहाँ बिखरा है—सुजाता उसे कहाँ-कहाँ ढूँढ़े?

तुली के कमरे में घुसी। तुली और नीपा ने एक ही तरह की नीली बनारसी साड़ी पहनी हैं, एक ही तरह का स्टोल। दिव्यनाथ की तरफ़ से दोनों बेटियों और बहू को आज के दिन के लिए खास तोहफ़े—तीन साड़ियाँ, तीन स्टोल, नौ सौ रुपयों से ऊपर में मिलेंगे। नौ सौ रुपयों में समु की माँ जैसे कितनों के कितने अभाव दूर हो सकते हैं!

तुली और नीपा ने उनकी तरफ़ देखा—शीशे में तीनों का प्रतिबिंब सुजाता ने देखा। उसकी अपनी साड़ी मुसी हुई है; चेहरे पर थकावट, कच्चे-पक्के बाल अस्त-व्यस्त हो रहे हैं।

तुली और नीपा सजी-धजी सुन्दर! दोनों के चेहरे ही सन्तुष्ट दीख सकते थे, लेकिन मेकअप भी उनके चेहरे पर छाया के असंतोष को नहीं ढँक पाया था।

'तुली, तेरे गहने।' सुजाता ने बैग खोलकर गहने बिस्तर पर फैला दिए। फिर उनमें से कुछ उठाकर बैग में रख लिए।

'वे वाले उठा क्यों लिए?'

'नीपा और बिनी को जो-जो दिया है, वही तुझे भी दिया।'

'देखा दीदी! मैंने कहा नहीं था?'

नीपा ने साथ-साथ बड़े लाड़-भरे उदार स्वर में कहा : 'वे वाले भी तुली को दे दो, माँ। मेरी कोई माँग, या अधिकार नहीं है, सच।'

'तेरी माँग की बात ही कहाँ से उठती है?'

'बिनी को भी तो दिया है?'

'व्रती रहता तो व्रती की बहू को देती। एक सुमन और एक तेरी बिटिया को दूँगी।'

'और दूसरे वाले?'

'जो हो, कुछ करूँगी।'

तुली आग-बबूला होकर फुफकारती हुई बोली : 'हद है! तुम्हें पता है, मुझे पुरानी क़िस्म के गहने-जवाहरात कितने पसंद हैं! टोनी इनको मॉडल बनाकर नकली गहने वगैरह बनाएगा, एक्सपोर्ट करेगा, सबकुछ तुम्हें मालूम है।'

'तूने कहा था, मैंने सुन लिया था। अब मैंने अपना मत बदल दिया है।'

'लेकिन आखिर क्यों?'

'ऐसे ही। तेरी दादी के दिए हुए गहने, तेरे पिताजी के दिए गहने, सभी तो दे दिए। ये मेरे पिताजी के दिए हुए हैं, मेरे पास रहें तो क्या?'

'वाह, क्या हिसाब-किताब है!'

'ये मैं औरों को दूँगी, यही तय किया है।'

'ये भी न दो तो क्या?'

'तेरी लेने की मरज़ी न हो तो फेंक दे। आज तेरे साथ ज़्यादा बात नहीं करूँगी तुली, तू चिल्ला मत। सुबह से बहुत चिल्लाई है।'

'किसने कहा? हेम ने?'

'हाँ, जितने दिन तुम इस घर में हो, हेम को एक शब्द भी नहीं कहोगी। हेम को मैंने अपने खरचे से रखा है; तुम्हारे बाबूजी

ने नहीं। हेम ने व्रती को पाला था। वह जितने दिन है, अगर चाहो तो अच्छा बरताव करना, लेकिन बुरा बरताव नहीं कर सकतीं तुम। आज के दिन, व्रती के जन्म-दिन, वह सुबह से रो रही है—यह जानकर भी तुमने उससे जैसा बरताव किया, उसके लिए तुम्हें माफ़ नहीं किया जा सकता।'

'आज का दिन! आज के दिन के लिए तुम्हारे मन में बहुत भावुकता है न! तभी तो सारा दिन बाहर बिताकर आईं!'

'तारीख मुझसे पूछकर नहीं, टोनी की माँ से पूछकर तय की गई है। मैं लौट आई हूँ, यह काफ़ी समझना चाहिए।'

नीपा ने कहा : 'मेरी बात सोचकर ही आ जातीं, माँ। मैं तो रोज़ यहाँ दिन बिताने के लिए नहीं आती।'

सुजाता हँसी और कहा : 'तू पूरे साल में कितने दिन मेरी बात सोचती है? अपनी गाड़ी में तो दुनिया छान मारती है। अमित तो दौरे पर ही रहता है ज़्यादातर, और तू घूमती ही रहती है। ज्योति को टाइफ़ाइड हुआ; सुमन का जन्म-दिन हुआ; तू एक बार भी न आ सकी। मैं तुझे दोष नहीं देती। ऐसा ही होता है। लेकिन तू आएगी, इसी आस में मैं बैठी रहूँ—ऐसी उम्मीद तुझे करनी चाहिए?'

'तुम...।'

'और बातचीत नहीं तुली, मैं तैयार होने को चली।'

सुजाता अपने कमरे में चली गई। आलमारी खोली। देह की एक-एक नस तड़क रही है, कह रही है : 'नहीं, नहीं, नहीं।' लेकिन आज की शाम का कर्तव्य निभाना ही पड़ेगा। कालकोठरी! सुजाता ने एक-एक को यह बता दिया कि कोई कुछ भी करे, वह अपना कर्तव्य अविचल रूप से करती रहेगी। अपने को स्वयं ही कारादंड दिया है। अब क्या कारागार तोड़कर बाहर निकला जा सकता है? सफ़ेद पर सफ़ेद बूटीवाली किनारी की ढाका की साड़ी, और सफ़ेद ब्लाउज़ निकाला। आलमारी बंद की और बाथरूम में चली गई।

दरवाज़े बंद कर, शॉवर खोलकर, वह ज़मीन पर बैठ गई।

चाहे जितनी ठंड हो—दर्द के कारण ठंड महसूस नहीं होती। ठंडे पानी से शरीर जुड़ा गया। बर्फ़ की तरह ठंडा पानी। बर्फ़ की सिल्ली! बर्फ़ की सिल्ली पर तुरंत मरा हुआ, खून से लथपथ शरीर डालकर रखो तो खून बंद हो जाता है। ठंडा पानी! शीतल—व्रती की उँगलियों की तरह, व्रती के माथे की तरह, हाथों की तरह ठंडा और कुछ नहीं हो सकता। आज सारे दिन व्रती के साथ रही थी। व्रती की उँगलियाँ कितनी ठंडी, कितनी बर्फ़-सी ठंडी उसकी पलकें, बंद काली बरौनियाँ, ताँबई गोरा रंग, बाल—ठंडे बर्फ़ के पानी से भीगे ठंडे-ठंडे हिम-शीतल! आज सारा दिन व्रती के साथ थी। श्मशान में अँधेरी रात। पुलिस के पहरे में व्रती। श्मशान में रोशनी की बाढ़। दीवार पर इबारत। एक के बाद एक नाम। नाम, नाम, एल्यूमीनियम का दरवाज़ा धड़-से गिरा—व्रती! बिजली की आग के अंदर व्रती को सेंका जा रहा है। दिन-भर व्रती के साथ थी। 'राख लीजिए; अस्थियाँ लीजिए; मिट्टी से निकालिए, गया में फेंकनी होंगी।' व्रती के साथ थी वह सारा दिन।

शॉवर बंद किया। मशीन की तरह एक के बाद एक काम करती रही। शिराएँ, नसें, हृदय, रक्त—सब जैसे चीख़-चीख़कर कह रहे हैं : 'नहीं, नहीं, नहीं।' सुजाता ने शरीर पर पाउडर छिड़का; फिर गीले बालों को बाँधने लगी।

व्रती कहता था : 'कैसे हर समय तुम अपना कर्तव्य निभाती हो, माँ?' हर समय अपने कर्तव्य पूरे करने होते हैं, ऐसा ही उसे सिखाया गया था, और ऐसे ही वह खुद सीख़ती आई थी। लेकिन आज लग रहा है, सब व्यर्थ था—ए बिग वेस्टेज[1]। किसकी सहायता की उसने? किसी की भी नहीं? दिव्यनाथ, तुली, नीपा—किसी की नहीं।

---

1. एक निरर्थक प्रयास।

दरवाज़ा खोलकर कमरे में आई और शीशे के सामने खड़ी हो गई। आँखों के नीचे के काले दायरे! होने दो। नंदिनी की आँखों के नीचे, क़रीब-क़रीब अंधी आँखों के नीचे, पहाड़ी की तलहटी जैसे ठंडी काली छाया है!

नंदिनी के पास और कभी नहीं जाएगी सुजाता, और कभी नहीं जाएगी समु की माँ के पास। व्रती को वह कहाँ ढूँढ़ती फिरेगी? या फिर एक दिन ऐसा आएगा कि वह स्वयं ढूँढ़ना बंद कर देगी।

सबकुछ ख़त्म हो जाने के बाद एक दिन दिव्यनाथ लड़के-लड़कियों के सामने दहाड़ मारकर रोये थे, और बोले थे : 'तुम्हारी माँ की आँखों में आँसू नहीं हैं, अप्राकृतिक है वह स्त्री—उसकी आँखों में आँसू भी नहीं हैं।' क्या कभी ऐसा दिन आएगा जब सुजाता जिस किसी के सामने रोएगी, व्रती का नाम लेकर, उसकी बातें करेगी? सोचकर ही डर लगता है। क्या अभी भी उसके असहनीय शोक के सीख़चों के अंदर व्रती क़ैद नहीं है? अभी तो सब तरफ़ शांत नहीं है; जेल की दीवारें ऊँची हैं; नए-नए वाच-टॉवर बने हैं! बंदियों के लिए बड़ा फ़ाटक तक नहीं खोला जाता। आधी रात को पुलिस-वैन आती है। रेडियो सिगनल देता है। ऊपर से क्रेन उतरता है। जानवर की तरह क्रेन के जबड़े कैदी को दबोचकर जेल के अंदर उतार देते हैं। दुर्गा-पूजा की अष्टमी-पूजा में मस्त कलकत्ता! गोली—कालीगाड़ी—गोली—भागने की कोशिश—गोली—हाबलू दत्त की फ़ाइल बंद। एक पुलिस-पहरे से घिरी शव-यात्रा—पीछे क्रुद्ध, संकल्प से कठोर चेहरेवाले शवयात्री चल रहे हैं, तरुण युवा चेहरे। व्रती की बातें सबसे करके कैसे सहज हो जाए? कैसे अपने शोक को रोज़मर्रा की आम घटना जैसी बना ले?

सफ़ेद शाल को कंधों पर डाल दिया। चप्पल पहनी। पानी पिया। इतने में दरवाज़े पर दस्तक हुई; बिनी ने झाँका।

ठीक तुली और नीपा की तरह बाल बाँधे हैं बिनी ने। एक ही तरह की साड़ी। इस समय ये लोग औरों की तरह दीखना चाहती हैं, अपनी तरह नहीं—इसी को फ़ैशन कहते हैं।

'माँ, हो गया?'

'हाँ, सुमन क्या कर रहा है?'

'आया के पास है, अब सोएगा।'

'चलो, नीचे चलो।'

सुजाता ने बत्ती बुझा दी और कमरे से बाहर आ गई। अंदर से मन कह रहा है : 'नहीं, नहीं!' लेकिन सुजाता सीढ़ियाँ उतरने लगी; जो अच्छा नहीं लगता, वही करते चलने का नाम है कर्तव्य। कर्तव्य करती रही हमेशा, क्या इसे लेकर सुजाता के मन में बहुत गर्व था? एक बार नीपा की लड़की के जन्म-दिन पर जाने की बात पर व्रती ने कहा था : 'आँखों के डॉक्टर के पास जाना अगर ज़्यादा ज़रूरी है तो वहीं जाना चाहिए।'

'नीपा को बुरा लगेगा!'

'कुछ बुरा नहीं लगेगा।'

सुजाता ने कुछ नहीं कहा था।

'दीदी को बुरा लगेगा, यह रस्म-रिवाज की बात है। हमारे किसी काम पर दीदी का दुख और सुख निर्भर नहीं, यह तो तुम जानती ही हो। फिर क्यों आँखें दिखाने नहीं जाओगी?'

व्रती को पता था, सब पता था। जानता था, इसीलिए इतनी आसानी से सबको बरबाद कर गया। उस दिन आख़िरकार बाहर चला गया था व्रती, फिर देर बाद लौटकर सुजाता ने कहा था : 'चलो, आँखों के डॉक्टर के पास।'

'तू जाएगा?'

'हाँ, चलो न!'

आँखों में ऐट्रोपीन डालकर सुजाता अकेले आएगी। उसको तकलीफ़ होगी, इसीलिए व्रती उसको डॉक्टर के पास लेकर गया था। फिर सुजाता को नीपा के घर के सामने उतार दिया था।

'अंदर नहीं आएगा?'

व्रती हँसा था। कुछ नहीं बोला था। उस दिन उसने धोती और शर्ट पहन रखी थी। वैसे तो पैंट ही पहना करता था, लेकिन धोती पहनना उसे बहुत अच्छा लगता था। जब व्रती बदलता जा रहा था, उन दिनों कुछ-कुछ बातें सिर्फ़ अकेले उसी को याद रहती थीं—जैसे सुजाता के आँखों की तकलीफ़वाली बात। व्रती के मरने के बाद, सुबह-सुबह जो सुजाता काँटापुकूर गई, लौटने में कितनी देर हो गई थी। उसने सोचा, क़ायदे से व्रती की मृत देह पुलिस उसको देगी ही। लेकिन पता चला : नहीं देगी, कभी भी नहीं देगी। यह सुनकर भी वह हैरान नहीं हुई थी। हैरान होने की ताक़त ही कहाँ थी? वह लौट आई थी; फिर ख़बर पाकर फिर चली गई थी। दिव्यनाथ की मिन्नतों के और काफ़ी दौड़-धूप के बाद सभी का पोस्टमार्टम जल्दी हो गया था। मुरदाघर में लाशों को फ़ॉर्मलीन से पोंछकर जल्दी-जल्दी छुरा चलाकर डॉक्टर अपना काम ख़त्म कर देता था। ऐसा न करने से काम नहीं चलता! उन दिनों कितनी-कितनी पुलिस-वैन तो काँटापुकूर आती-जाती थीं—कोई हिसाब है?

शाम से ही श्मशान में जाकर बैठे रहना है। सुजाता दोपहर को घर लौटी। जब लौटी तो चुप्पी से घुटते हुए घर में किसी के कुछ भी करने से पहले ठीक समु की माँ की तरह हेम फूट-फूटकर रो उठी थी; ज़मीन पर सिर पटकती हुई विलाप कर रही थी : 'ठीक सात दिन का बच्चा तुमने मेरी गोद में डाल दिया था, माँजी! तुम तो खुद बचनेवाली नहीं थीं, आज तुम उसे कहाँ छोड़ आईं रे? अब कौन मुझे सबकुछ भुलाकर दवाई ला देगा रे, कौन कहेगा सड़क पर राशन लेकर पैदल क्यों जाती हो, रिक्शे से नहीं जा सकतीं? कौन मुझे रिक्शे पर चढ़ा देगा रे?'

उस रात सबकुछ खत्म हो जाने के बाद कौन सुजाता का सिर अपनी गोद में लेकर बैठा था? हेम ही तो थी—सिर्फ़ हेम। व्रती हेम की कितनी देखरेख करता था, लेकिन फिर भी दिव्यनाथ कहते थे : 'अनफ़ीलिंग सन्।'[1]

---

1. भावहीन बेटा।

आज सुजाता को कहने की बड़ी इच्छा हुई कि व्रती, मुझसे नीचे उतरा नहीं जा रहा। तू जो कहता था कि सबसे मुश्किल काम है अपनी तरह होना। आज अगर मैं अपनी तरह होकर अपनी मरज़ी से चल पाती तो।

लेकिन हर समय अगर अपनी इच्छा से चल पाती तो व्रती आता ही नहीं इस दुनिया में। गोरा, मुलायम रेशम जैसे बाल—जो बाल उसके मुंडन में भी नहीं उतारे गए, न जनेऊ में। हमेशा सुजाता का हाथ थामकर सड़क पार करनेवाला व्रती।

सामने ड्राइंग रूम है; लोगों की बातें, हँसी-ठहाके। यह दुनिया क्या सिर्फ़ मरे हुओं की है—लाशों की? लाशें—जो खाती हैं, झगड़ती हैं, लोभ और लालसा से पगला जाती हैं।

जो इसलिए श्रद्धेय नहीं बनते जिससे व्रती जैसे उनका आदर न कर सकें! जो इसलिए प्यार नहीं करते जिससे व्रती जैसे उन्हें प्यार न कर पाएँ!

व्रती श्रद्धा करना चाहता है; प्यार करना चाहता है; प्यार पाना चाहता है।

अभी भी चाहता है, क्योंकि अभी भी कहीं शांति नहीं है। अशांत, क्षुब्ध, पीड़ित, धर्महीन, विद्रोही समय! सुजाता परदा हटाकर कमरे में गई।

मिसेज़ कपाड़िया अपने गुरु की बातें कर रही थीं। थोड़ी दूर पर नीपा हाथ में स्कॉच का गिलास लिए कभी इसके, कभी उसके पीछे मुँह छिपाए खिलखिला रही थी। उसका फुफेरा देवर काँटे में कबाब का टुकड़ा दबाए उसके पीछे-पीछे घूम रहा है—नीपा को यह कबाब का टुकड़ा वह खिला के ही रहेगा!

टोनी की बहन नरगिस जोगिया नाइलॉन ऊन की स्कीवी और बेलबॉटम पहने थोड़ा-थोड़ा नाच रही है और इधर-उधर गरदन घुमाकर कुछ लोगों से बात कर रही है। नरगिस गुरु की भक्त, सेविका है! वह भारत में स्वामीजी के धर्म का प्रचार करेगी। उसके एक हाथ में है लाइम कॉर्डियल का गिलास। बहुत ज्यादा पीने के कारण मद्योन्माद की मरीज़ होकर अस्पताल में ही रहती

है। कभी-कभार किसी खास मौक़े पर बाहर आती है, लेकिन जोगिया कपड़े पहनना नहीं भूलती!

बिनी नहीं दीख रही। तुली, नीपा का पति अमित और टोनी अपने दोस्तों के साथ बात करते-करते ठहाका मारकर हँस पड़े। फिर नीपा ने अपना गाल बढ़ाया—टोनी ने उसे चूमा, किसी ने फ़ोटो खींची।

मिसेज़ कपाड़िया के हाथ में स्कॉच भरा गिलास था। सुजाता और दूसरे लोग उनकी बातें सुन रहे हैं। सुजाता के चेहरे पर पहली मुसकान है; दिमाग़ काम नहीं कर रहा; शरीर थककर चूर-चूर हो चुका है।

'जब हम सोआमीजी को देका, तुम बिसोआस नहीं करेगा—समथिंग इन मी फ़ायर[1] की माफ़िक जल उठा। तब्भी हम देका सोआमीजी का सिर के पीछे—'हैलो'[2]—बिलकुल बत्ती के माफ़िक जल रहा। रोशनी ग्र्यू ब्राइट एंड ब्राइट जैसे ए थाउजेंड़ सन्स[3]

व्रती जैसा एक और। कुश। नमदे की नालियों से घिरे निःशब्द कमरे में कुश को उन लोगों ने पट्टों से बाँधकर डाल रखा था। उसकी दोनों आँखों के आगे हज़ार-हज़ार पॉवर की दो बत्तियाँ जल रही थीं। कुश की दसों उँगलियों से नाखून उखाड़ लिए गए थे। शरीर की प्रत्येक नस के केंद्र में सुई चुभोई जाती थी और निकाली जाती थी। अड़तालीस घंटे, बहत्तर घंटे—फिर उसको कहा गया था : 'यू आर फ्री।'[4] उसे निकालकर घर पर लाया गया था, फिर घर के सामने उतारकर गोली मार दी गई थी। उसकी आँखों की पुतलियाँ गल चुकी थीं।

लेकिन हज़ार सूर्यों की रोशनी के सामने रहकर भी मिसेज

---

1. मुझमें कुछ आग की तरह जल उठा।
2. प्रभा-मंडल।
3. रोशनी हज़ारों सूर्यों की तरह बढ़ती गई।
4. अब तुम आज़ाद हो।

कपाड़िया की दृष्टि नहीं खोई, बल्कि अन्तर्दृष्टि खुल गई!

'द सोआमी वाज़ फ़्लाइग हिज़ ओन प्लेन; ही जस्ट लुक्ड ऐट मी, और कहे आओ, हमारे पास आओ। मीट मी ऐट माइऐमी। अच्छा, हम माइऐमी जा रहे, यह उन्हें कैसे मालूम चला, डियर? कहे, यू आर द गर्ल इन द बुक यू आर कैरीइंग। कौन-सी किताब, जानती हो डियर? 'ब्लैक गर्ल इन सर्च ऑफ़ गॉड'। मैं ब्लैक थी डियर; मेरा 'सोल' ब्लैक था। आइ फ़ाउंड माइ गॉड ऐंड ऑल वाज़ लाइट।[1] इन बोथ सेंस—रोशनी और हलकापन।'

नंदिनी के अंदर का कुछ मर गया था। मर जाने पर आदमी भारी हो जाता है। व्रती का हाथ कितना भारी था! मर जाने पर शायद अनुभूतियाँ भी शव की तरह भारी हो जाती हैं। उन मरी हुई अनुभूतियों का बोझ ढोते चलने के कारण ही क्या नंदिनी घिसट-घिसटकर चलती है? क्या अब वह कभी भी स्वाभाविक नहीं होगी? पत्नी नहीं बनेगी? माँ नहीं बनेगी? रास्ते की रोशनी से लेकर, आदमी से, इस धरती के एक-एक धूल-कण से प्यार किया था जिसने—वह कभी माँ नहीं बनेगी? जो संतान को सह नहीं पातीं, एक के बाद एक पुरुष बदलती हैं, शराब के बाद हशीश का सहारा लेती हैं, उद्देश्यहीन होकर मारी-मारी फिरती हैं, वे ही स्नेहहीन, प्रेमहीन जीवन में शिशुओं को लाएँगी! 'व्हॅट ए वेस्टेज!'

'तभी से सोआमीजी मेरे गुरु हैं। नॉट ओनली माइन, सारी दुनिया के लोग एक दिन सोआमीजी के डिसाइपल हो जाएँगे। लाइक विवेकानंद, अमेरिका हैज डिस्कवर्ड हिम। नाउ इंडिया विल नो

---

1. स्वामी अपना हवाई जहाज़ खुद उड़ा रहे थे। उन्होंने एक बार मेरी ओर ताका और बोले—मुझसे माइऐमी में मिलना। तुम्हीं वह लड़की हो जो उस किताब में हो जो तुम्हारे हाथ में है—काली लड़की, परमात्मा की तलाश में। मैं काली थी न, मेरी आत्मा भी कलुषित थी। मैं अपने परमात्मा तक पहुँच गई और सबकुछ प्रकाशमय हो गया।

हिम[1]।'

जीसू मित्रा मुँह बाए मिसेज़ कपाड़िया की बातें सुन रहे थे। उन्होंने सुजाता से कहा : 'इनसे मुझे मिलवाइए। जस्ट डू। आइ ऐम डाइंग टू नो हर। प्लीज़ डू!'[2]

'मिसेज़ कपाड़िया, जीसू मित्रा—हमारे मित्र।'

'सो प्लीज़्ड...।'

मौली मित्रा ने फुसफुसाकर सुजाता से कहा : 'समझ रही हैं कि तुम्हें अंग्रेज़ी नहीं आती, तभी देशी भाषा में बोल रही हैं। हाउ फ़नी! क्या पहनकर आई है, देखा? इनसफ़रेबल बिच्।[3] हीरे दिखा रही है मुझे!'

मिसेज़ कपाड़िया ने 'हीरा' शब्द सुना। हँसी से चमकती आँखों से मौली की तरफ़ देखा। कहा : 'डायमंड्स पहनना ही पड़ेगा। सोआमी जी कहते हैं—हीरा है 'सोल' का 'सिंबल'। प्यूरिटी।'[4]

'हाउ नाइस!'

'लेकिन तुम्हें मैंने माफ़ नहीं किया, डियर।'

'व्हाई?'

'डॉग शो में तुमने मेरे गोल्डन रिट्रीवर को प्राइज़ नहीं लेने दिया!'

'मैंने नहीं, रोवर ने।'

'येस, मुझे इतना गुस्सा चढ़ा। लेकिन व्हेन आई सॉ यूअर डॉग!' फिर, सुजाता की तरफ़ मुड़कर कहा, 'तुम बिसोआस नहीं करोगी डियर, समथिंग इन मी वेन्ट मैड विद एन्वी।'[5]

जीसू मित्रा ने कहा, 'सोआमी की बातें बताइए।'

'वे गॉड हैं। आलमाइटी हैं। ही वान्ट्स इंडिया टु हैव दिस पॉवर्टी—इसलिए लोगों को इतनी सफ़रिंग है। व्हेन ही विल्स,

---

1. केवल मेरे ही नहीं—सभी उनके भक्त और शिष्य हो जाएँगे। विवेकानंद की तरह, अमेरिका ने उन्हें पहचान लिया है। अब भारत भी उनसे परिचित हो जाएगा।
2. कृपया मिलवा दीजिए। इन्हें जानने के लिए मैं बेचैन हो रहा हूँ। मेहरबानी कीजिए।
3. असह्य कुतिया!
4. हीरे हैं आत्मा के प्रतीक! एकदम निर्मल!
5. जब मैंने आपके कुत्ते को देखा, मेरे अंदर ईर्ष्यातिरेक से कुछ पगला गया।

सब लोग रिच् हो जाएँगे।'[1]

'सच?'

'ज़रूर। जब टोनी और तुली की शादी की बात बताई। ही वेन्ट इन टु धयान। धयान के बाद कहा—'लड़की वेरी-वेरी अनहैप्पी है। उन लोगों के घर पर एक ईविल छाया है।'[2]

'कहा ऐसा?'

'ज़रूर! कहा कि जब टोनी और तुली स्टेट्स जाएँगे तो वे उनको कुछ फूल देंगे जिन्हें मकान के चारों तरफ़ गाड़ देना होगा।'

मौली मित्रा ने अचानक सुजाता से पूछा : 'तुम कैसे धर्म का परिवर्तन करोगी, सुजाता? तुम्हारे तो पहले ही गुरु हैं न?'

'धर्म-परिवर्तन?'

'क्यों, मिस्टर चैटर्जी ने कहा कि होल फ़ैमिली सोआमीजी से दीक्षा लेकर कन्वर्ट होगी।'

'मुझे तो कुछ पता नहीं।'

'एक गुरु के रहते दूसरे गुरु की दीक्षा ले सकते हैं?'

'मेरे कोई गुरु नहीं हैं, मौली।'

'क्यों, रनू और व्रती एक बार अपना रिज़ल्ट जानने नहीं गए थे, जब दोनों स्कूल में पढ़ते थे?'

'वह सासजी के पुरोहित थे। मेरी सास उनसे कुंडली बनवाती थीं।'

लक्ष्मीश्वर मिश्रा। व्रती की कुंडली भी बनाई थी। सुजाता ने व्रती की कुंडली क्या बार-बार नहीं देखी थी? दीर्घायु, अवध्य, व्याधि-भय-हीन, आघात-शंका-हीन! सुजाता ने कुंडली फाड़कर फेंक दी थी।

---

1. वे परमात्मा हैं। उन्हीं की इच्छा है कि भारत इसी तरह ग़रीब रहे। तभी लोगों को इतना कष्ट उठाना पड़ रहा है। जब उनकी इच्छा होगी, सभी अमीर हो जाएँगे।
2. तो वे ध्यान-मग्न हुए। फिर कहा कि लड़की बहुत ही दुखी है। उस घर पर एक शैतानी छाया पड़ी हुई है।

मौली मित्रा ने मिसेज़ कपाड़िया से कहा : 'यू नो हर यंगर सन व्रती...।'[1]

सुजाता ने कहा : 'मिसेज़ कपाड़िया, मैं अभी आई।'

व्हिस्की के तीन भरे-पूरे गिलास गटकने के बाद मिसेज़ कपाड़िया का दिमाग़ काफ़ी तरल हो गया था। उन्होंने आँखों पर रूमाल रखा।

'आइ, नो। ओ डियर, हाउ यू मस्ट बी सफ़रिंग। सोआमी ने क्या कहा, सुनो, डियर।'

'ज़रूर,' सुजाता उठकर चली गई थी।

जीसू मित्रा ने कहा : 'आज ही तो उसकी डैथ ऐनिवर्सरी है।'

'सच?'

मौली मित्रा ने कहा : 'दैट बॉय व्रती! आइ नेवर ट्रस्टिड हिम। उस दिन घर से गया तो क्या कहकर गया, आपको पता है? कहा था कि रनू के पास रहूँगा रात को। लेकिन फ़र्स्ट ईयर के बाद से रनू के साथ उसका कोई कॉन्टैक्ट ही नहीं था। हुँ, रनू के पास रहूँगा! ऐज़ इफ़ ही कुड बी रनूज फ्रेन्ड! दूसरे दिन अखबार में कुछ नहीं निकला। मतलब व्रती का नाम। जीसू वेन्ट टु द क्लब। व्हॅट ए ब्लेसिंग—अवर एरिया वाज़ फ्री। क्लब आ-जा सकते थे, नहीं तो जिंदा रहना मुश्किल हो जाता। मैं तो अख़बार खोलती तक नहीं थी, और न ही घर में किसी को पढ़ने देती थी। क्या हॉर्रिफ़ाइंग खबरें छपती थीं![2] तो जीसू क्लब से जल्दी लौट आया और उसने कहा—पता है, चैटर्जी का लड़का मारा गया है!'

'ओह, हाउ अन्नर्विंग फ़ॉर यू!'[3]

'फिर, मेरे बड़े भैया, हाँ, डिप्टी-कमिश्नर, उन्होंने फ़ोन किया

---

1. आपको पता है न कि इनका छोटा लड़का व्रती...।
2. जीसू क्लब गया। कितना शुक्र था—हमारे क्षेत्र में ये कांड नहीं होते थे—कैसी-कैसी भयानक ख़बरें छपती थीं!
3. तुम्हें तो कैसा आघात पहुँचा होगा!

कि व्रती हमारे घर आया था या नहीं। सुनते ही जीसू ने रनू को बॉम्बे के लिए रवाना कर दिया।'

'यू डिड राइट।'[1]

'नैचुरली, हम लोग आए कंडोलेंस जताने। चैटर्जी हैड ए बैड टाइम। हश-अप करने के लिए बेचारे को कितनी दौड़-धूप करनी पड़ी थी। हमें इतनी तकलीफ़ होती थी कि क्या बताएँ? आप ज़रूर जानती होंगी, सुजाता इज़ थरोली अनफ़ीलिंग वाइफ़। शी स्पायल्ट हर सन। नहीं तो ऐसी फ़ैमिली का लड़का कभी...।'

जीसू मित्रा ने कहा, 'ओफ़, कैसे दिन बीते हैं तब! आप तब कहाँ थीं?'

'स्टेट्स में।'

'टोनी?'

'यहीं। ऐज़ मौली सेड—पार्क स्ट्रीट, कैमक स्ट्रीट, फ़्यू एरियाज़ वर फ्री। टोनी का दोस्त सरोजपाल ही तो तब ऑपरेशन्स का इंचार्ज था। ब्रिलियंट बॉय। क्या करेज है! जिस तरह इन लोगों की धर-पकड़ की उसने!'

'सच?'

मौली मित्रा ने कहा : 'क्या फ़ूलिशनेस है! समाज के ज्युएल्स को तुम लोगों ने मार डाला। क्या फ़ायदा हुआ? तुम लोग भी मरे। बीच में खामख्वाह ऑनेस्ट ट्रेडर्स डर के मारे यहाँ से कैपिटल लेकर भाग गए।'

'टेल्लिंग मी! स्टेट्स से आइ फ़्ल्यू टु बॉम्बे। बंबई से मुझे कोई कलकत्ता आने ही न दे! उस समय कलकत्ता में अमीरों को देखते ही मार डालते थे। मैंने क्या किया—पता है?'

'क्या किया?'

मिसेज़ कपाड़िया का चेहरा गर्व से चमकने लगा। उन्होंने कहा : 'सूती साड़ी पहनकर सेकंड क्लास से मैं कलकत्ता चली

---

1. ठीक ही किया आपने।

आई। कहा—माइ हस्बैंड ऐंड माइ सन नीड मी। सोआमी की ब्लेसिंग है—नो फ़ोर्स इन द वर्ल्ड कैन किल मी।'

जीसू मित्रा ने इसके जवाब में कहा : 'लेकिन सुजाता लवली दीख रही है। सफ़ेद! ग्रीफ़, कितना अच्छा!'

मौली मित्रा ने कहा : दैट्स ए स्टंट। सुजाता को पता है, ईवनिंग में सब रंगीन कपड़े पहनेंगे—ऐज़ ए कंट्रास्ट सफ़ेद पहना है।'

मिसेज़ कपाड़िया ने कहा : 'क्या मेक-अप यूज़ किया है डियर, बताना ज़रा, बड़ा अनयूज़ुअल है।''

'मेक-अप? सुजाता ने? माइ डियर मिसेज़ कपाड़िया, शी नेवर डज़।'

'बट व्हाई? शी इज़ ब्यूटीफ़ुल।'

टोनी ने कहा : 'लेट मी इंट्रोड्यूस माइ ब्यूटीफ़ुल मदर-इन-ला। माँ, यह जर्नलिस्ट हैं। आपको देखने के लिए मरी जा रही हैं।' टोनी बंगाल के तरीक़े से बँगला बोला। कलकत्ता का लड़का है। बँगला अच्छी तरह जानता है।

जर्नलिस्ट ने कहा : 'बढ़िया पार्टी है। ब्यूटीफ़ुल साड़ी है आपकी लड़की की। मिस्टर चैटर्जी क्या बढ़िया संस्कृत बोलते हैं! टिपिकल बंगाली घर है आप लोगों का।'

'आपने कुछ खाया?'

'बहुत। अच्छा, क्या मैं आपका इंटरव्यू ले सकती हूँ।'

'मेरा?'

'मैं बॉम्बे की एक विमेंज़ मैगज़ीन में लिखती हूँ। आप एक माँ हैं, पत्नी हैं और बैंक में ऑफ़िसर। होम और कैरियर एक साथ चलाया जा सकता है...?'

'मैं आफ़िसर नहीं हूँ।'

'बट टोनी सेड...।'

'क्लर्की से शुरू किया था। बीस साल में सेक्शन-इंचार्ज हुई हूँ।'

'हाउ नाइस!'

'इसीलिए...।'

'अच्छा, आपका बेटा तो मार दिया गया था न? फ्रॉम द ऐंगल ऑफ़ ए सॉरोइंग मदर...।'

'नहीं, माफ़ कीजिए।'

सुजाता उसी वक़्त वहाँ से हट गई। औरतों की मैगज़ीन में सुजाता की तसवीर—'ए बिरीव्ड मदर स्पीक्स!' ये लोग किसी तरह भी व्रती को उसके साथ नहीं रहने देंगे, लेकिन फिर भी सारा दिन आज उसी के साथ ही तो थी। 'सी, माइ सन वाज...।' बॉम्बे की टॉप महिलाएँ, रेस के घोड़े के मालिक, बिज़नेसमेन की पत्नियाँ, फ़िल्म स्टार—सब व्रती और सुजाता की बातें पढ़ रहे होंगे।

सुजाता अमित के पास गई।

'अमित, कुछ खाया?'

'हाँ, माँ!'

'तुम्हारे दोस्तों ने खाया?'

'सबने खाया।'

व्हिस्की है, लेकिन फिर भी उनका दामाद शराब के नशे में धुत्त नहीं हुआ, देखकर सुजाता हैरान हुई। अमित को चुनकर लाए थे दिव्यनाथ। नीपा अपने सितार के मास्टर के साथ भाग गई थी उसे पकड़ ले आए और महीने-भर के अंदर शादी करा दी। बहुत पैसे ख़र्च किए थे। कमज़ोर मन का, डरपोक, बड़ी नौकरीवाला, अमीर बाप का लाड़ला बेटा अमित नीपा का पति है।

अमित के लिए सुजाता को दुख होता है। पहले वह नहीं पीता था। अब नशे में धुत्त होने के लिए ही पीता है। उसी के घर में उसी के फुफेरे भाई के साथ नीपा ने जब से रहना शुरू किया तभी से उसने पीना शुरू किया था।

सुजाता को समझ में नहीं आता कि क्यों अमित अपने फुफेरे भाई को कुछ नहीं कहता? इस परिस्थिति में या तो बीवी से बातचीत कर लेनी चाहिए, और अगर बात हाथ से बाहर चली गई हो तो फुफेरे भाई से ही बात कर लेनी चाहिए। भाई को

घर से निकाल देना चाहिए! बीवी को घर से चले जाने को कहना चाहिए! क़ानून है; अदालत है; कुछ-न-कुछ बंदोबस्त तो करना ही चाहिए।

पर अमित यह सबकुछ भी नहीं करता--पीता है सिर्फ़। दिव्यनाथ रीति-रिवाज़ मानते हैं, इसलिए जवाँई-छठ के रोज़ दोनों यहाँ आते हैं, साथ-साथ। साल में एक बार अमित के गुरु के पास दोनों जाते हैं। अमित तिमंज़िले पर सोता है। दूसरी मंज़िल में एक कमरे में नीपा की लड़की और उसकी आया रहती हैं; उसी मंज़िल में बलाई और नीपा के बैडरूम हैं--पास-पास।

ये सब जैसे कीड़ों से खाया, व्याधि-ग्रस्त, सड़ा-गला कैंसर है। मरे हुए रिश्तों को घसीटते हुए, कुछ लाशें जीने का बहाना कर रही हैं। सुजाता को लगा--अमित, नीपा, बलाई के पास खड़े होने पर भी शायद इनकी देह से सड़ने की दुर्गंध आने लगेगी। ये भ्रूणावस्था से ही दूषित, व्याधिग्रस्त हैं! जिस समाज को व्रती जैसों ने उद्धस्त कर देना चाहा था वही समाज हज़ारों भूखों का अन्न छीनकर इन्हीं को यत्न से पाल-पोस रहा है। उस समाज में जीवन के अधिकारी होते हैं मरे हुए लोग, सचमुच के जीवंत लोग नहीं। लेकिन बलाई क्या कह रहा है?

'अब बच्चुओं की हालत क्या है? सब तो मुहल्ला छोड़-छोड़कर भाग गए हैं। अरे बाबा, बरानगर, बरानगर कहकर टसुए बहा-बहाकर धीमान ने कविताएँ नहीं लिखीं? रोने से क्या होगा? सीधी-सी बात है, बरानगर में मोर दैन हंड्रैड का क़ीमा बना डाला गया था, इसीलिए न आज वहाँ शांति है? जब तक काटकर मारा नहीं था, तब तक कितना टेंशन था!'

धीमान कौन है? धीमानराय! जिसकी बात नंदिनी ने बताई। सुजाता ने देखा, शाल की मैक्सी पहने एक गोरी-चिट्टी लड़की ने हाथ में गिलास लिए बलाई के कंधों पर हाथ रखा और कहा : 'क्या बढ़िया लिख रहे हैं न ये लोग!'

बलाई ने कहा : 'बीस हज़ार लड़के जेल में हैं, इसका रोना

रो रहा था धीमान। क्या हमें बेवकूफ़ समझता है? जब ऐक्शन, काउंटर-ऐक्शन चल रहा था—तब सब लोग सरकार की झाड़ खाकर बँगला-देश, बँगला-देश कहकर, रो-रोकर अख़बारों में लिख रहे थे। अब सबकुछ अंडर कंट्रोल है—नाउ ही फ़ील्स ही इज़ सेफ़ इनफ़ टु राइट।'

'हटिए! क्या कह रहे हैं? उस दिन इनकी एक कविता पढ़कर मुझे तो रोना ही आ गया था। आइए, आप ही की कविता की बात हो रही थी। व्हेन डू यू राइट? इतना बिज़ी रहते हैं। रियली यू आर ट्रु ली कमिटिड टु द कॉज़।'

धीमानराय चालीस पार कर गए हैं। चपटा चेहरा, देखने में कुरूप। पक्के अभिनेता की तरह चेहरे पर संकोच का भाव ले आए। मोटी कर्कश आवाज़ में बोले : 'किसी और विषय पर कवि कैसे लिख सकता है?'

'रियली, जब आपकी वह वाली कविता पढ़ी, अनूप दत्त, यू नो हिम, अनूप ने कहा : ही फ़ील्स।'

'देखिए, आज सब लोग उन्हीं की बात सोच रहे हैं।' धीमानराय ने बड़ी निपुणता से मक्खन के टुकड़े पर दाँत गड़ाए। फिर व्हिस्की की चुस्की ली। सुजाता ने सुना है—कॉफ़ी और मक्खन खाने से नशा नहीं होता। धीमान को देखकर समझ गई कि नशे के लिए वह नहीं पी रहा।

'जानती हूँ,' अचानक नीपा बोल पड़ी। बहुत व्हिस्की पी ली है नीपा ने। उसके चेहरे पर रूखी उद्दंडता है।

'अच्छा! जानती हो?' अमित ने व्यंग्य से कहा।

'श्योर! एक वाश्ड-आउट कवि, दूसरे के अनुभवों पर लिखता है। उसकी कविता में कितना एक्सपीरियंस होगा, यह सबको पता है। मेरा भाई मरा था। तब तुम्हारे सिम्पैथेटिक कवि क्या कर रहे थे? हाइडिंग बिहाइंड हूज़ स्कर्ट्स? बलाई ने क्या मुझे नहीं बतलाया सबकुछ?'

'व्रती को लेकर तो तुम ही मुसीबत में पड़ गई थीं तब। किसी को मुँह नहीं दिखाती थीं!'

'किसने कहा?'

'मैंने।'

'तुम्हीं ने तो मुझे बार-बार कहकर आगाह किया था।'

'नॉट मी!'

'झूठा कहीं का!'

'टेक दैट बैक।'

'आई, वोन्ट।'

'मैं खिदिरपुर के गाँगुली परिवार का लड़का हूँ, तुम्हारी तरह की टके की वेश्या के लिए...।'

'अमित!' सुजाता ने ही दबी आवाज़ में धमकाया।

कुछ तनावपूर्ण क्षण, विस्फोटक—रस्सी जल रही है, जल रही है, बारूद छुएगी अभी, छुएगी अभी—लेकिन नहीं छुआ। क्योंकि नीपा अचानक चहककर हँस उठी।

'तुम भी हद करती हो माँ, हम तो ऐसी लड़ाई का बड़ा मज़ा लेते हैं।'

'अपने घर में लिया करो।'

सुजाता वहाँ से हट गई। पार्टी जमने लगी है। टेम्पो बढ़ रहा है। क़रीब-क़रीब सब लोग नशे में हैं। टोनी की बहन नरगिस पीतल के दो ऐशट्रे बजाकर 'सोआमी', 'सोआमी' कहकर नाच रही है। जीसू मित्रा उकड़ूँ बैठे थोड़ा-थोड़ा झूमते हुए ताली बजा रहे हैं।

अमित ने चिढ़कर कहा, 'तुम्हारी माँ न, एक 'किल-जॉय' है।' फिर उसने तय किया कि अब वह नशे में धुत्त होगा। नीट व्हिस्की डाली और गटक गया।

'नीपा, चलो, भागते हैं,' बलाई ने कहा।

'चलो।'

'लेट्स गो टु शरत्स। आज फ़िल्म सेशन है। उसके घर पेरिस से लाई गई तसवीरें हैं।' बलाई ने ज़बान को मुँह के अंदर-ही-अंदर घुमाकर एक आवाज़ निकाली। आवाज़ सुनकर अंदाज़ा लगाया जा सकता था, कैसी तसवीरें होंगी, ज़रूर उत्तेजक!

'चलो।' दोनों बाहर चले गए।

धीमानराय ने अमित से कहा, 'आप भी खूब हैं!'

'क्यों?'

'बलाई के साथ आपकी बीवी फ़िल्म देखने चली गई।'

'आपको इससे मतलब?'

'बलाई, इस पट्ठे को कैलेंडर भी मिल जाए तो...।'

'अरे भाई, आप शराब की खुशबू में बड़े-बड़े लोगों को कल्टिवेट करते हैं, इसीलिए यहाँ आए हैं। फ्री शराब मिल रही है, पीते रहिए, और मामलों में सिर क्यों खपा रहे हैं?'

'बलाई के साथ...।'

अमित खिक्-खिक् करके चालाक सियार की तरह हँसा। कहने लगा : 'आप मुझे बलाई के बारे में बता रहे हैं? वह मेरा फुफेरा भाई है।'

'भाई?'

'जी महाशय! महिमा रंजन गाँगुली का पोता हूँ मैं, और दोहता है वह।'

'ओह, यह बात है!'

'फ़ेट को मानते हैं? नियति को?'

'कभी नहीं। न नियति को मानता हूँ, न ईश्वर को!'

'क्रैप!'

'क्या कहा?'

'रबिश! आपकी तरह के नास्तिक, सुबह-शाम मेरे दफ़्तर में चक्कर लगाते हैं।'

'आप नशे में हैं।'

'और आप नशे में नहीं हैं। हज़रत, फ़ेट पर विश्वास रखिए; फ़ेट है।'

'कैसे?'

'फ़ेट के अलावा और क्या कहा जा सकता है? बलाई ने फ़ैमिली की एक भी लड़की को छोड़ा है जो मेरी बीवी को छोड़ेगा? अरे साहब! मेरी छोटी बुआ, उसकी छोटी मौसी, उन्हीं से उसकी बदचलनी शुरू हुई थी। नीपा को वह आसानी से छोड़ देता? लेकिन हाँ, बलाई ऊँचे खानदान का है—फ़ैमिली छोड़कर बाहर बदफ़ेली करने नहीं जाता।'

'बलाई के साथ बीवी को...।'

'बलाई मेरा भाई भी है, और दोस्त भी। उसके कनेक्शन कहाँ-कहाँ हैं, पता है? उसे नाराज़ करने से...?'

'जनाब, आप बहुत ही लिबरल हैं...।'

'ट्रूली लिबरल!'

मिस्टर कपाड़िया ने कहा : 'मैं हूँ असल लिबरल।'

दिव्यनाथ ने कहा : 'जानता हूँ।'

मिस्टर कपाड़िया ने अपने क्रीज़वाले सूट के काले बटन पर उँगली रखकर कहा : 'मेरी पॉलिसी अगर फ़ॉलो करो तो देश की सब समस्याएँ मिट जाएँ।'

'कैसे?'

मिस्टर कपाड़िया शुद्ध बँगला में बोलने लगे : 'देश की समस्याएँ क्या हैं, बताइए? इंटिग्रेशन नहीं हो रहा है; अनेक धर्म, भाषा, जाति होने के कारण देश में विघटन हो रहा है। फ़ूड कोई समस्या ही नहीं है। फ़ूड-रायट की बात आपने सुनी है कभी! किसान लोग काफ़ी वेल-ऑफ़ हैं। सब रेडियो ख़रीद रहे हैं। एम्प्लायमेंट? बहुत लोगों को नौकरी मिल रही है। नेशनल वेल्थ? सभी के हाथ में पैसे हैं। नहीं तो हाउ कम, सब लोग घर बना रहे हैं, गाड़ी ख़रीद रहे हैं, महँगी चीज़ें खा रहे हैं?'

'सही है।'

'भाषा की क्या समस्या है? जो जहाँ पर है वहाँ की भाषा सीखे। मैं यहाँ शराब बेचता हूँ तो बँगला सीखी है।'

'मास्टर रखा है आपने?'

'रखना ही होगा। टैगोर की भाषा है।'

'सच?'

'तो भाषा की समस्या इस तरह हल हो गई। अब धर्म? धर्म की क्या ज़रूरत है? बर्न डाउन मंदिर-मस्जिद—एवरी थिंग। फ़ॉलो सोआमी;, सोआमी ज़िंदा ईश्वर है। उन्हीं को फ़ॉलो करो।'

'क्या बात कही है!'

'हम लोग सोंआमीज़ चिल्ड्रन इन इंडिया, दिल्ली, बॉम्बे, कलकत्ता, मद्रास में ऑफ़िस खोल रहे हैं। छह हज़ार लोगों को नौकरी देंगे। प्लेन और हैलीकॉप्टर ख़रीद रहे हैं। भारत की हर भाषा में सोआमी का मैसेज़ छापेंगे। आसमान से लेकर भारत में जगह-जगह उसका मैसेज़ फैलाएँगे। इन नो टाइम, सब लोग सोआमी को फ़ॉलो करेंगे।'

'ट्रू।'

'धर्म की समस्या भी हल हो गई। अब जाति की समस्या। लॉ बना दीजिए कि कोई अपने प्रदेश में अपनी जाति और भाषा के लड़के-लड़की के साथ शादी नहीं कर सकेगा। बंगाली मैरीज़ पंजाबी, उड़िया मैरीज़ बिहारी, असमिया मैरीज़ मराठी, बस। सब समस्याएँ हल हो गईं।'

'टोनी के साथ तुली जैसे...।'

'इसके लिए मैं ग्रेटफ़ुल हूँ।'

'क्या कह रहे हैं साहब? मैं ग्रेटफ़ुल हूँ, ऐंड प्राउड!'

'मैं भी।'

'ग्रेट मुग़ल ऑफ़ द वाइन ट्रेड, उनके साथ सम्बन्ध!'

'आप भी किसी से कम हैं क्या?'

'टोनी इज़ ए ग्रेट बॉय।'

'तुली इज़ ए ग्रेट गर्ल।'

'जैकी इज़ ए ग्रेट सन।'

'ज्योति भी।'

'नरगिस इज ए ग्रेट गर्ल।'

'नीपा टू...।'

'आप लोगों की फ़ैमिली ग्रेट है।'

'आप लोगों की भी।'
'आप लोगों की पेडिग्री...।'
'आप लोग ज़मींदार हैं।'
'हम कुलीन हैं।'
'कुलीन? दैट्स ग्रेट।'
'एक दिन आपको अपना फ़ैमिली ट्री दिखलाऊँगा।'
'ज़रूर।'
'तब आप देखेंगे कि...।'
'एक बात है, चैटर्जी...।'
'क्या?'
'मिसेज़ चैटर्जी आपके छोटे बेटे का शॉक...।'
'नहीं, नहीं, ही इज़ ऑल राइट!'
'आपका लड़का, और इस तरह...!'
'मिसगाइडिड था।'
'ज़रूर, ऐसा ही हुआ होगा?'
'बैड कंपनी, बैड फ्रेन्ड्स!'
'मस्ट बी दैट।'
'पता है? हम बाप-बेटे कितने क्लोज़ थे?'
'सुना है, तुली से।'
'एकदम बेबीज़ की तरह; हैंड नो सीक्रेट फ्राम ईच अदर।'
'ऐसा ही होना चाहिए।'
'वह गॉड की तरह मेरी रिस्पैक्ट करता था।'
'क्यों नहीं करेगा? सच ए फ़ादर!'
'वही लड़का जब...।'
'ओह!'
'मेरे हार्ट के टुकड़े-टुकड़े हो गए थे।'
'होंगे ही।'
'मुझे ऐसा शॉक लगा है...।'

'दुख मत कीजिए। सोआमी कहते हैं—डैथ कुछ नहीं है। शरीर आपका भी मर जाएगा। हेवन में आप लोगों को 'सोल' मिलेंगे। तब देखेंगे आप कि आपका लड़का वैसा ही है।'

'अच्छा, मैं उसे देख पाऊँगा? ऐसा कहा है सोआमीजी ने?'

'ज़रूर!'

'मैं सोआमी को फ़ॉलो करूँगा ज़रूर।'

'कीजिएगा—ज़रूर।'

'यह मेरी पत्नी हैं। अजी सुनो, यह कैसी अच्छी-अच्छी बातें कर रहे हैं। सुनो। सुनो न, इधर आओ।'

'मैंने सुना है, पीछे ही तो बैठी थी।'

'मिसेज़ चैटर्जी, व्हिस्की?'

'धन्यवाद, मैं नहीं पीती।'

'आपकी तबीयत ठीक नहीं है क्या?'

'नहीं', सुजाता उठकर चली गई। बिनी बुला रही थी।

दर्द की लहर उठ रही है बार-बार। सबकुछ जैसे डोल रहा है, धुँधला रहा है। फिर स्पष्ट होता जा रहा है। शायद ज्योति ने कोई रिकॉर्ड लगाया है—जैज़ का उन्मत्त स्वर!

'क्या हुआ, बिनी?'

'माँ, तुली बुला रही है।'

'क्यों?'

'टोनी के कोई ख़ास दोस्त आए हैं।'

'कहाँ?'

'ब़ाहर।'

'बाहर क्यों?'

'गाड़ी से नहीं उतरेंगे।'

'अंदर आने के लिए कहो।'

'माँ, तुम्हारे पैर लड़खड़ा रहे हैं?'

'दर्द हो रहा है।'

'तो तुम बैठो।'

'नहीं।'

'मैं उन्हें अंदर बुला लाती हूँ।'

'नहीं, मैं ही चली जाती हूँ।'

'तुम क्यों जा रही हो? मैं जाता हूँ।'

'नहीं, तुली शोर मचाएगी।'

'तो चलो।'

'मैं उन्हें नीचे गाड़ी से उतरने को कहती हूँ। तुम मिठाई का पैकेट ले लो। नीचे उतरें तो ठीक, नहीं तो पैकेट दे देंगे।'

'ठीक है।'

सुजाता ने शाल रख दिया और बाहर चली आई। सर्दी, बेहद ठंडी उत्तर की हवा। अँधेरा बगीचा, घुप्प अँधेरा। अगर वह इस अँधेरे में खो जा सकती तो? लौटकर इस घर में घुसना न पड़े फिर से! सड़क पर गेट के सामनेवाली गाड़ी!

कालीगाड़ी। काली वैन। खिड़कियों में जाली, पीछे के दरवाज़ों में जाली। खिड़कियों की जाली से हैलमेट से ढँका सिर दीख रहा है। सामने कौन बैठा है? ड्राइवर की पासवाली सीट पर? गाड़ी घरघरा रही है; स्टार्टर बंद नहीं किया गया है।

सफ़ेद धुली पोशाक। पीतल का बैज; डि. सी., डि. डि. सरोजपाल! बँगला माँ का बेहद नटखट बेटा, शेर-दिल सरोजपाल! 'सरोलपाल! तुम्हारे लिए काफ़ी नहीं है।' लिखा हुआ एल्यूमीनियम का दरवाज़ा धड़ से गिरता है, अंदर व्रती का लिटाया हुआ शरीर—निस्पंद, बर्फ़-सा ठंडा। सरोजपाल!

'येस, मेरी भी माँ है।'

'नहीं, आपका लड़का दीघा नहीं गया था।'

'नो, नो, यह सब चीज़ें घर में नहीं रहेंगी।'

'नहीं, फ़ोटो नहीं मिलेगी।'

'बेटे को आप शिक्षा नहीं दे पाईं?'

'आपका बेटा गुंडों के दल से मिला हुआ था।'

'आपके बेटे ने जो कुछ किया, उसको माफ़ नहीं किया जा

सकता।'

'आपको चाहिए था कि बेटे के मन की बात भाँपकर, उसे सरेंडर करने के लिए कहना।'

'नहीं, बॉडी नहीं मिलेगी।'

'नहीं, बॉडी नहीं मिलेगी; नहीं, बॉडी नहीं मिलेगी।'

सुजाता ने देखा, सरोजपाल ने देखा। एक हज़ार चौरासीवें की माँ! व्रती चैटर्जी की माँ! इनसे, सुजाता से मुलाक़ात हो जाएगी—इसलिए सरोजपाल आना नहीं चाहता था।

बिनी ने आगे बढ़कर कहा, 'नीचे नहीं उतरेंगे?'

'नहीं।'

'एक मिनट के लिए भी नहीं?'

'नहीं, काम है, टोनी और तुली को मेरे गुडविशिज़ दीजिएगा।'

'मिठाई का पैकेट तो लीजिए न कम-से-कम।'

'दीजिए, जल्दी में हूँ। अच्छा नमस्ते।'

स्टार्ट। गाड़ी ज़ोर से घरघराई और निकल गई।

अभी भी काम है? अभी भी यूनिफ़ॉर्म पहननी है? कालीगाड़ी, कमीज़ के नीचे स्टील के चेन की शील्ड, चमड़े के केस में बंद पिस्तौल, पीछे की सीट पर हैलमेट पहने संतरी!

कहाँ है अशांति? कहाँ है काम? भवानीपुर—बालीगंज—गड़ियाहाट—बेहाला—बारासत—बरानगर—बाग बाज़ार—कहाँ पर है काम?

दूकानों के पल्ले कहाँ बन्द होंगे? घरों के दरवाज़े कहाँ बंद होंगे, कहाँ सड़क पर से भीत, त्रस्त, राहगीर, साइकिल-सवार, सड़क का कुत्ता, रिक्शेवाला डरकर भागेगा? कहाँ पर सायरन बजेगा? धप्-धप्-धप्-धप् —सड़क पर भारी बूटों की आवाज़ होगी; वैन की घरघराहट, फट्-फट्-फट्—गोली की आवाज़ होगी? कहाँ?

कहाँ? कहाँ फिर से भागेगा व्रती? कहाँ भागेगा? कहाँ नहीं

हैं हत्यारे, कहाँ नहीं हैं गोली, पुलिस-वैन और जेल? यह महानगरी, गंगापुत्र बंगाल में, उत्तर बंगाल में, जंगल, पहाड़, बर्फ़ ढँके प्रांत, राढ़ देश के कँकरीले-पथरीले बाँध, सुंदर वन के खारे पोखर, वन, शस्य, खेत, कल-कारख़ाने, कोयला-खान, चाय-बागान, कहाँ-कहाँ भागेगा व्रती? कहाँ खो जाएगा फिर से? भाग मत व्रती, मेरे पास लौट आ, लौट आ व्रती, मत भाग अब!

आज सारे दिन उसे ढूँढ़-ढूँढ़कर अपने पास पा सकी थी सुजाता। वह इन सब चीज़ों में है, था, फिर से अगर वैन चले, फिर से अगर सायरन की चीख से आसमान फट जाए, व्रती, फिर से खो नहीं जाएगा? घर लौट आ व्रती, ऐसे भागा-भागा न फिर; कोई तुझे भागने नहीं देगा, जहाँ जाएगा वहाँ से तुझे घसीट लाएँगे। मेरे पास आ, व्रती!

'माँ, तुम लड़खड़ा रही हो।'

बिनी का हाथ ठेलकर हटा दिया सुजाता ने। दौड़कर लौट आई, कमरे के दरवाज़े पर ठिठककर खड़ी हो गई।

डोल रहा है सबकुछ, सबकुछ हिल रहा है, घूम रहा है। इन लाशों को जैसे कोई धागे से खींचकर नचा रहा है। लाशें, सड़ी-गँधाती लाशें—सब की सब। धीमान—अमित—दिव्यनाथ, मिस्टर कपाड़िया—तुली, टोनी, जीसू मित्रा, मौली मित्रा, मिसेज़ कपाड़िया, और खुद वह?

धरती की सब कविता, कविता के बिंब, लाल गुलाब के गुच्छे, हरी घास, नियॉन की रोशनी, माँ के चेहरे पर फैली हँसी, शिशु का क्रंदन...हमेशा, अनंत काल तक इन सबका भोग करती रहेंगी ये लाशें! अपने सड़े गले-गँधाते अस्तित्व को लिए धरती के हर सौंदर्य और माधुर्य को हथियाए रहेंगी, क्या इसीलिए व्रती मर गया? सिर्फ़ इसलिए? धरती को, पृथ्वी को इन लोगों के हवाले कर उनके ही हाथों में सौंपने के लिए क्या उसने अपनी जान दे दी? 'नहीं, कभी नहीं, व्रती ई...ई...!'

सुजाता की लंबी, दिल दहला देनेवाली चीख, उसका आर्त्त-विलाप। एक विस्फोट की तरह यह प्रश्न फूटकर बिखर गया—कलकत्ता के हर घर में, शहर की नींवों में धँस गया, आकाश के शून्य में मिल गया, हवा के साथ प्रदेश के कोने-कोने में फैल गया। इतिहास के साक्षी खँडहरों के अँधेरे, इतिहास के परे पुराणों के विश्वास की नींवें काँप गईं। भूला हुआ, न भूला हुआ अतीत, वर्तमान, आगामी काल—सबकुछ जैसे यह क्रंदन सुनकर काँप गए। हर सुखी-सुखी दीखनेवाले अस्तित्व के सुख तार-तार हो गए।

यह क्रंदन खोखला नहीं है—इसमें भरी है रक्त की गंध, प्रतिवाद का प्रण, शोक की आतुरता।

फिर सबकुछ अँधेरा; सुजाता का शरीर लड़खड़ाकर गिर पड़ा। दिव्यनाथ चिल्ला उठे : 'लगता है, ऐपेंडिक्स फट गया!'

●●●